UNE TOUCHE DE ROSE

Jeanne Cordelier

Première édition : portative, 2015 (ISBN 9791091345033)
Édition numérique : portative 2015 (ISBN 9791091345040)
Couverture : Eliane Pradel, « Double face », 2015.

Au revoir [...] et ne te fais pas trop désirer.
Pierrot mon ami, Raymond Queneau

Mon nom est Rose Boucher. Je sais, Rose et boucher, ça ne va pas ensemble. Même si maintenant on voit entre les morceaux de viande des roses en plastique rouge. C'était pas comme ça quand j'étais petite. Quand j'étais petite, c'était des grosses mouches noires qu'on voyait entre les morceaux de viande. Dans le coin d'où je viens au moins. Je viens d'un bled qui s'appelle Dives-sur-Mer. C'est même pas au bord de la mer. Il faut faire plusieurs kilomètres pour s'en approcher. En tout cas, chez le boucher dans le quartier où j'habitais à Dives, il n'y avait pas la clim, ni ces portes nickels qui ne laissent rien passer. Pour rentrer dans la boucherie il suffisait d'écarter deux rideaux de toile épaisse à rayures rouges et blanches. Et à peine rentré, une odeur suffocante vous prenait à la gorge. Ça sentait la viande, la bidoche, la barbaque ! Le sang ! Tout sauf la rose ! C'est pour ça, je le répète, que Rose et boucher, ça ne va pas ensemble. Quitte à porter le nom d'un commerce autant que ce soit celui d'un autre, comme Boulanger par exemple, le fameux général et homme politique français, ou encore le peintre et lithographe français qui entre autre illustra les œuvres de Victor Hugo, ou bien Nadia Boulanger, compositeur, remarquable musicienne, première femme à recevoir le Grand Prix de Rome en 1913. Seulement voilà, je n'avais pas d'accointance dans la boulange, mais dans la boucherie. C'est ainsi que mon père me viola quand j'avais neuf ans. J'ai attendu tant bien que mal qu'enfance se passe et puis quand j'ai eu 18 ans, j'ai tracé ma route.

De stop en stop, avec les risques que ça comporte. C'est sans accrocs majeurs que j'ai gagné la capitale. De toute façon, ma fleur, elle était restée derrière moi. Et à moins d'un miracle, elle ne repousserait pas. Fanée à son aurore, la fleur. Un squatte par ci, un autre par là, la rue parfois. Dur en tout cas partout. Je n'ai pas rencontré d'angles doux. Des coups, des coups en veux-tu, en voilà !

Mais il paraît que je les attire. Même ceux de Jean, un brave gars, qui à l'entendre avant moi n'avait jamais touché une femme. À croire vraiment que je porte la poisse ! Comme on pourrait m'appeler aussi. Quand on s'est rencontré, Jean et moi, je travaillais comme serveuse dans une brasserie en face la gare de Lyon. De passage à Paris, c'est là où il s'était arrêté pour déjeuner en descendant du train. Comme il était revenu le lendemain et qu'il était plutôt beau garçon, je lui avais demandé s'il travaillait dans le coin. À quoi il m'avait répondu que non et qu'il le regrettait. C'est comme ça que les choses s'étaient nouées. Durant cinq jours d'affilée à midi quinze piles, il était là, assis à la table qu'il avait faite sienne. Avec ma complicité, bien entendu. Le sixième jour, étonnée de ne pas le voir à l'heure, j'allais donner sa table, quand je fus appelée au téléphone. Au bout du fil, c'était lui, il me dit que je pouvais disposer de sa table, qu'il ne viendrait pas déjeuner. Qu'il ne viendrait plus, qu'il reprenait le train pour Sainte Étienne le jour même. Le service m'appelait, j'allais raccrocher quand Jean dit :

— Vous avez de quoi écrire ?

Bien sûr j'avais. Et c'est ainsi que je notais le numéro fatal. Je tins une semaine sans le composer et puis ce laps de temps écoulé, je craquais. Il faut dire aussi, si je me veux trouver une excuse, que ce soir-là j'avais bu plus que d'ordinaire, que j'avais perdu mon boulot et que la copine avec qui je partageais un studio venait d'apprendre qu'elle était atteinte d'une hépatite B. Sale temps !

Jean ne me fit pas de grandes déclarations d'amour. Il me dit simplement qu'il avait vu en moi la femme qu'il attendait, que sa porte m'était ouverte quand je voulais. Il n'eut pas à attendre longtemps. Le week-end suivant je débarquais avec pour tout bagage une valise, qu'il me prit des mains à ma descente du train sans commentaire. Comme il se doit, la porte de son appartement à peine refermée, il se jeta sur moi. Se souciant peu d'où j'avais laissé ma fleur, ne posa aucune question à ce sujet. Il est vrai que lorsqu'on rencontre une serveuse qui travaille dans une brasserie parisienne, on ne s'attend pas à ce qu'elle soit vierge. Ainsi donc pas de surprise. Celle-ci vint un mois plus tard, si l'on peut appeler ça une surprise. Puisque Jean refusait le port du préservatif, et que moi pour raison de santé j'avais interrompu la pilule. Bref, après avoir désespérément scruté le fond de mon slip pendant une semaine, force me fut bien d'admettre que j'étais enceinte. Ce que confirma d'ailleurs le test que je fis en cachette au laboratoire du coin. Car pas de question de parler de ça à Jean. Qui sauterait de joie au plafond ! Des enfants, il en voulait quatre. Pendant que moi, je ne pensais qu'à faire passer celui que je portais. Mais comment faire quand le simple fait de prononcer le mot avortement était sacrilège ? Quand je ne connaissais personne dans cette ville abhorrée ? Où même l'idée de chercher un travail était à oublier. J'avais selon Jean largement de quoi m'occuper dans l'appartement, sans compter les week-ends dans la maison à la montagne. Et puis son salaire de chef magasinier ne suffisait-il pas ? Qu'il faille encore que j'aille m'exhiber au Grand Café ou au Café de la gare ? Non, pas de ça, pas pour lui. Pour lui la place de la femme était à la maison !

Dans cette maison où je ne trouvais pas la mienne, j'ai souvent failli céder au désespoir. Curieusement, c'est l'enfant qui m'en a empêché. Cet enfant dont je ne voulais pas, à qui je faisais subir un traitement indigne : tel mille sauts à la corde par jour, descendre et monter l'escalier en courant dix fois par jour, sans compter les infâmes décoctions à base de plantes que j'ingurgitais du matin au soir. Rien n'y faisait, il s'accrochait et en le faisant me maintenait en vie. Car peu à peu je m'attachais à lui. Jean de son côté ne voyait rien. Et pourvu qu'il n'ait qu'à se mettre les pieds sous la table en rentrant de travailler, qu'à regarder la télévision en mangeant et qu'une fois couché la lumière éteinte, il tira son coup, tout pour lui allait pour le mieux dans le meilleur des mondes. Partir, j'y ai souvent songé à cette époque, mais pour aller où ? Avec quoi ? Et dans mon état… L'horizon était bouché. Ne voyant pas d'issue à ma situation, je me rendis donc à ce que d'aucun appel le bon sens. Et c'est ainsi qu'enceinte de quatre mois, je passais devant le maire au bras d'un Jean fier comme Artaban !

Quelques mois plus tard, je mis au monde un beau garçon de quatre kilos trois. Ce qui me fit horriblement souffrir. Sans parler de l'allaitement qui fut une vraie torture et que je dus d'ailleurs interrompre à la suite d'abcès à répétition. On ne peut pas dire que, comme le font certaines femmes, je m'épanouissais dans mon rôle de mère, pas davantage que dans celui d'épouse. Jean était grincheux et exigeant. Il se plaisait à me rabaisser et publiquement de préférence, même si en dehors de sa famille notre vie sociale était bien pauvre. Bon an, mal an, les années passaient. Je me coulais du mieux que je pouvais dans ma peau de femme soumise. Sans renoncer à la lecture.

Abonnée à la bibliothèque de mon quartier, car il n'aurait plus manqué que je dépense de l'argent à acheter des livres, je me réfugiais dans les mots. C'est ainsi que je rencontrais celle qui allait devenir mon idole et avec qui je commençais à entretenir une correspondance qui allait durer des années. S'ensuivit un certain changement de mon comportement qui n'échappât pas à Jean, lequel me dit un jour, brandissant le premier livre de Jeanne, dans lequel elle racontait ses années de prostitution, sa lutte pour en sortir.

— C'est l'influence de ta putain, c'est ça ! Tu cherches à lui ressembler ?

Ce fut la première fois qu'il me frappa, à coups de livre d'abord, livre qui passa par la fenêtre, et puis à coups de poing dont il me bourra l'estomac. Ça m'aiderait à digérer mes conneries, disait-il.

À la suite de cette agression, je tombais dans une grave dépression et c'est bourrée d'anxiolytiques que j'assumais tant bien que mal mon quotidien, jusqu'au jour où je pris la dose et mis du pinard par-dessus comme Jeanne l'avait fait quelques années plus tôt. Et tchao ! Mon geste me mena à l'hôpital psychiatrique. C'est là que je retrouvais la force d'écrire à Jeanne, laquelle me répondit un mot bref : « Courage Rose, dans deux jours, je serai près de vous ».

J'ai conservé ce mot, bien sûr, qu'elle avait signé de l'empreinte de son index droit. Signature qui m'avait troublé et dont en vain j'avais cherché à déchiffrer le sens. Il en contenait tant, même que dans mes fantasmes les plus hardis, j'avais imaginé ce doigt allant et venant entre les lèvres de mon sexe. Oserai-je parler de cela à Jeanne ? Je me sentais comme une adolescente à l'approche des premiers émois. Tout tremblait en mon être. J'étais devenue frissons et crainte. Frissons de désir, la première fois pour une femme, crainte que celle-ci ne me rejette. Pourquoi faisait-elle le voyage de Paris à Saint-Étienne ? Cette question m'obsédait. Compassion ou curiosité ? Les écrivains, ne sont-ils pas tous des voyeurs, de ces êtres dotés de plusieurs yeux, qui scrutent au plus sombre, au plus profond de nous, qui pénètrent et violent nos abysses ? Est-ce pour cela que nous les vénérons ? Que nous leur dressons des statues, leur donnons les noms de nos avenues, nos rues, nos places ? Est-ce pour cette raison obscure d'où naît la fascination que nous devons tous plus ou moins un jour ou l'autre, ressembler à la lectrice soumise de Magritte ?

Le jour de la venue de Jeanne, je me mis nue devant un miroir imaginaire et j'y vis un sac d'os au visage émacié. J'y vis l'adolescente que j'avais été. J'y vis le désespoir qui m'avait menée jusqu'ici. Et appuyée au mur de ce qui était appelé la réception, j'attendis qu'elle poussât la porte, et sitôt fait, me distingua des autres internées, qui tout comme moi fixaient la porte vitrée, gardée par un cerbère de haute taille, aux épaules carrées, à la lourde poitrine prisonnière d'une blouse blanche étriquée. Comme Jeanne allait s'adresser à lui, je levais la main pour dire je suis là. Mais pas davantage qu'elle ne m'avait remarquée en entrant, Jeanne ne le fit en cet instant. J'entendis mon nom : Boucher-Gaziot. Le cerbère me désigna du doigt disant :

— La maigrichonne au fond, près du distributeur de boissons. Vous avez un faux air avec elle. Vous êtes de la famille ?

Sans répondre, Jeanne s'était dirigée vers moi. Un bouquet de roses barrait sa poitrine nue et ses seins hauts plantés ruisselaient de rosée. Son sourire était de ceux que l'on adresse aux anges. Je dus me pincer pour sortir du beau rêve. Il n'existait pas à l'hôpital un endroit où nous puissions nous isoler. Il y avait des cerbères partout, chiennes, ou chiens de garde de celles et ceux que la société avait mis au rebut. Après que nous nous sommes embrassées, je proposai à Jeanne que nous nous assîmes sur l'un des bancs de plastique, scellés au mur de couloir où déambulait, le regard ailleurs, une procession de morts vivants. Certains allaient bras dessus bras dessous, d'autres se tenaient par la main, ou encore par les épaules. Mais dans la plupart des cas, ils cheminaient seuls. Hors des murs qui les enfermaient depuis ils ne savaient plus quand.

À l'autre extrémité du bout du banc sur lequel nous avions pris place, Jeanne et moi, une jeune fille comptait fébrilement sur ses doigts, à moins que ce ne fût eux qu'elle compta, car souvent interrompant son exercice, elle regardait ses mains, l'intérieur et puis l'extérieur avec l'air de se demander si celles-ci lui appartenaient bien.

Jeanne sortit de sa serviette une boîte de chocolats. J'allai nous chercher deux cafés. Nous passâmes ainsi une grande partie de l'après-midi à parler et à boire du café, tout en mangeant des chocolats. Moi jusqu'à l'écœurement. En me quittant, Jeanne me promit de venir me voir à Saint-Étienne, à l'occasion de son prochain voyage en France. Elle vivait alors au Vietnam.

Des semaines qui s'étirèrent comme des mois passèrent. J'écrivis plusieurs lettres à Jeanne, qui toutes restèrent sans réponse. Et puis un jour enfin, une carte de là-bas ! Qui m'annonçait sa venue prochaine. Elle serait là au printemps ! Période parfaite, que Jean passait dans notre maison à la montagne. Ce n'était pas par charité qu'il le faisait, mais parce que les beaux jours venus, la nature l'attirait tel que l'aurait fait une femme.

D'ailleurs, je m'étais souvent demandé si certains jours, ses travaux de jardinage et bricolage accomplis, il ne recevait pas la belle descendue des alpages pour jouir de la couche conjugale, que j'avais vaillamment en silence tenté de niveler pendant près de vingt ans. Mes efforts pour ce faire avaient transformé mon corps en un amas de chair et de nerfs, lequel, quand je le regardais, ne me rappelait rien. J'étais étrangère à moi-même. C'est peut-être pour ça que je décidai d'habiter Jeanne, chausser ses pompes pour retrouver mes traces ?

Fidèle au rendez-vous, le printemps vint avec ses promesses. Jeanne, en ferait-elle autant ? Les jours passaient et pas de nouvelles. Moi, j'avais peur. Je la savais malade du cœur. Elle n'aimerait pas m'entendre dire ça. Elle dirait, occupe-toi des oignons, ou encore de ton cul ! Et je la vois rire, me dire : D'ailleurs quelle différence entre l'oignon et le cul ? Et moi, impressionnée, je répondrais la fêlure.

Trois jours avant sa venue, Jeanne me téléphona pour me demander de lui réserver un bon hôtel dans mon quartier. À quoi je répondis qu'il n'y en avait pas. Mais qu'elle pouvait parfaitement dormir chez moi, puisque par bonheur en cette période j'y étais seule. Nulle exclamation de joie ne suivit ma proposition. Seul le fit un « d'accord » prononcé sur un ton neutre.

Le grand jour arriva. C'était le 12 mai, un samedi. À dix-huit heures pétantes, j'étais sur le quai de la gare où j'attendais Jeanne, dont le train en provenance de Paris devait arriver à dix-huit heures douze. Droite, la tête légèrement inclinée en arrière, je cherchais à travers les vitres lointaines le visage de mon idole. Quand elle descendit du train, je sentis mes genoux fléchir, mes jambes, tandis qu'une sudation soudaine faisait ruisseler tout mon corps. Ruisseaux sur un quai de gare, je me sentais déplacée. Mais quand Jeanne, souriante, s'avança vers moi, je retrouvai ma forme normale : celle d'une femme. Amoureuse, oserais-je ajouter, car je l'étais.

— Tu transpires, dit Jeanne m'embrassant.

— Les premières chaleurs, tu sais, il faut que le corps s'habitue.

— Allons prendre un verre quelque part. Le voyage a été long.

— Non, dis-je, les bruits se répandent vite en ville. Et si mon mari savait que j'avais été dans un café, ça barderait ! Rentrons plutôt à la maison.

Je proposais que nous prenions le bus, qui s'arrêtait en bas de ma rue. Jeanne, qui disait avoir sa dose de transports en commun pour la journée, préféra le taxi. Quand nous arrivâmes dans ma rue, je demandai au chauffeur de s'arrêter. Jeanne régla. Il nous restait environ une cinquantaine de mètres à parcourir avant d'arriver chez moi. Jeanne me demanda pourquoi ne pas nous avoir fait déposer devant mon immeuble. C'est vrai que la pente qui y menait était raide, que cela représentait un effort pour elle. Fragile, pensais-je, la regardant le faire. Du cœur et d'ailleurs. Mais si forte à la fois.

— Pourquoi ? répéta Jeanne.

— C'est à cause du qu'en-dira-t-on, répondis-je.

Jeanne haussa les épaules.

— Le qu'en-dira-t-on, on s'en fout. On a le droit de vivre, non !

— Toi, peut-être, mais pas moi. D'ailleurs, si cela ne te dérange pas, je prendrai l'ascenseur la première. Tu le prendras derrière moi. La porte sera entrouverte, quatrième étage gauche.

Jeanne n'objecta pas. Et je dois dire que de la tenir dans mes filets ne me déplaisait pas. J'avais touché son point faible. Le succès et ce qui va avec n'avaient pas réparé l'enfant brisée, qui, bien qu'elle fût une grande acrobate, avait du mal à se redresser devant l'autorité.

Quand elle rentra, la première chose qu'elle demanda, fut : où pourrais-je poser mon sac de voyage ?

— Dans la chambre à coucher, répondis-je. Le lit est grand, tu dormiras à la place de Jean.

— Franchement, dit Jeanne, me regardant dans les yeux, puisque ton fils n'est pas là, je préférais dormir dans son lit.

— Pas question, dis-je, soutenant son regard. Il ne supporte pas l'odeur des femmes. Et imagine qu'il trouve un cheveu de toi sur son oreiller, quel chambard ça ferait ! D'ailleurs quand il s'en va, il ferme la porte de sa chambre à clefs.

— Il n'aime pas les femmes ?

— Nous ne parlons pas de ça, répondis-je.

Et nous en restâmes là. Jeanne posa son sac dans la chambre, dont des yeux elle fit le tour. Puis son regard se posa sur le lit et j'imaginai à quoi elle pensait : « le lit conjugal ou celui des tortures ». Oui, cela pourrait être le titre de son prochain livre. Que naturellement elle me dédierait.

— Pourras-tu me prêter une chemise de nuit ? me demanda-t-elle, sans détacher les yeux du lit.

— Bien sûr, répondis-je, et d'ailleurs, vu ta journée, je propose que nous nous couchions de bonne heure.

— Je n'ai pas l'habitude de me coucher tôt, dit Jeanne. Et si nous commencions par prendre un verre, qu'en dis-tu ?

— Mais c'est que je n'ai rien, répondis-je.

— He bien, allons le prendre dehors.

— Tu sais bien que c'est impossible. Si ça venait aux oreilles de Jean, j'en serais quitte pour une bonne raclée.

— T'est-il venu à l'esprit, demanda alors Jeanne, que ton Jean rentre à l'improviste ? Qu'il nous trouve toutes les deux dans le même lit ? Te rends-tu compte à quoi tu m'exposes ?

— Il ne rentrera pas, dis-je, il ne l'a jamais fait. Quand il a fini son travail, il remonte là-haut. Ces soirées sont précieuses.

Là-dessus nous quittâmes la chambre pour nous installer au salon. Jeanne n'était pas la même que celle qui était venue me voir à l'hôpital. Je la sentais ailleurs, ce que sans doute elle aurait voulu être. Ayant lu ses livres, je savais qu'elle ne dédaignait pas de boire un coup. En particulier du champagne. Pourtant je n'en avais pas acheté. Pas même une bouteille de vin. Ni avais-je préparé de dîner. Ma seule envie étant que nous partageâmes la même couche. Mon corps brûlait de ce désir incandescent qui annule tout le reste. Et je n'avais rien d'autre en tête. Mais Jeanne, dont l'estomac pour l'heure avait plus d'appétit que le sexe, proposa que nous sortions dîner.

— C'est hors de questions, dis-je, si…

— Et quand Jean saura, me coupa Jeanne, que j'ai dormie à sa place cette nuit ? L'odeur de mon corps est forte, tu sais, et celle de mon parfum, si discret soit-il, tenace. Et si tu ne veux pas sortir, dans ce cas, je le ferai seule.

Devant la détermination de Jeanne, j'eus l'idée de sortir une pizza, que je mettrais aux micro-ondes. Et puis je regardai dans le frigo. Chance ! Il restait une boîte de camembert entamée, qui aurait fait tomber à la renverse n'importe quel odorat délicat. Dans le buffet je trouvai une bouteille de vin au trois-quarts vide.

Tout ça, c'était Jean. Moi, je ne mangeais pas de camembert puant, ni ne buvais-je. C'est plus tard que je me suis mise à la bouteille. Après que Jean m'a balancée dans l'escalier. Chute dont je me suis miraculeusement tirée avec seule une fracture de la clavicule et le crâne bosselé. Suite à cette agression, j'ai fait une dépression qui m'a menée une nouvelle fois à l'hôpital psychiatrique. Cette fois-là, Jeanne n'est pas venue me voir. Elle se trouvait en Éthiopie où je lui écrivais régulièrement de longues lettres. Elle était le fil qui me reliait au monde extérieur, à la vie. Bien que ses réponses, toujours écrites au dos d'une carte postale, furent brèves. Jeanne n'était pas du genre à s'étendre. Avare de ses mots, quand ils ne concernaient pas son œuvre, elle les donnait au compte-gouttes. Toujours aimables et réconfortants, ils n'en restaient pas moins impersonnels.

Au début, je m'en attristai, puis je m'y fis, me souvenant que Jeanne elle-même disait avoir une orthographe désastreuse. Ce qui la complexait. Elle passait son temps la tête dans les dictionnaires afin de réparer la faute. « Laquelle ? » lui écrivis-je un jour. « Celle d'être née femme » me répondit-elle.

« Allons donc ! Et quoi d'autre ? »

Je sais, rectifia-t-elle dans sa réponse, une lettre cette fois, naître femme n'est pas une malédiction en soi. Hélas, elle le devient trop souvent. Et tu es bien placée pour le savoir. Pendant qu'il est encore temps, poursuivait-elle, divorce donc d'avec cet homme à qui tu sers de bonne, de vides couilles et de punching-ball. Après il sera trop tard, tu seras aussi sa garde malade, son torche-cul, sa gaveuse, sa femme en somme. Sa possession !

C'est une odeur de brûlé qui me ramena dans la cuisine. Je quittais la fenêtre pour me précipiter vers le micro-ondes. Cramée, ma pizza. Il ne me restait qu'à offrir à Jeanne un reste de camembert, un morceau de pain de la veille et un fond de bouteille de vin. Quand elle eut terminé ce repas succinct, regrettant que je ne le partageais pas avec elle, nous retournâmes au salon où nous restâmes à discuter jusque tard dans la soirée. Et bien que j'en eus déjà longuement parlé à Jeanne dans mes lettres, je ne pus m'empêcher de revenir sur ma jeunesse calamiteuse.

D'abord j'étais née un vendredi treize, ce qui paraît déjà porte-malheur. Superstition confirmée, à la sortie du ventre de ma mère, dont je devins le souffre-douleur, coincée entre une grande sœur et un petit frère à qui elle passait tout, à table je me contentais de miettes restantes. Ma maigreur faisait peur à voir, mais personne ne s'en émouvait. J'étais considérée comme une petite nature.

Une mijaurée. Il est vrai qu'à force de privations, j'en étais arrivée à refuser de m'alimenter. Rien ne passait, je vomissais tout. En racontant tout cela à Jeanne, j'en avais presque des renvois. Ce fut elle qui mit fin à mon supplice en proposant que nous allions nous coucher. Il était bien minuit passé.

Sitôt au lit, Jeanne m'a tourné le dos. Au bord, à l'extrémité du matelas, elle se tenait droite, pour ne pas dire raide. Avancer ma main, la toucher, j'en mourrais d'envie, mais je n'osais pas de crainte de me faire rembarrer.

— Jeanne, dis-je, tu dors ?
— Non, répondit-elle, pourquoi ?
— Comme ça, pour rien.
— Tu mens.
— C'est vrai, j'ai envie de toi.
— Dors, ça passera.

Ces paroles me firent l'effet d'une douche froide. Je tournais le dos à Jeanne.

Les heures passaient ainsi, sans que ni l'une, ni l'autre, ne trouve le sommeil. Je me levais plusieurs fois dans la nuit. Le plancher craquait sous mes pieds nus. Puisque je n'en avais pas d'autre, c'était ma façon de chercher à tirer Jeanne de son sommeil feint. J'ouvris même en grand la fenêtre de la cuisine. Mais nul bruit ne monta de la rue endormie. Pas même un miaulement de chat près des poubelles proches. Rien. Et quant à l'air, je ne saurais vous dire, s'il était doux ou frais. Il me sembla qu'il n'était pas et que dans l'instant, prise de vertige, j'allais tomber par la fenêtre. Jeanne vient, suppliais-je, prends-moi par la taille et empêche-moi de sauter.

Mes implorations restant sans réponses, je refermais la fenêtre. Mais avant d'aller me recoucher, je fis un détour par la salle de bains où j'avalais un somnifère. Et à peine couchée, sombrais dans un profond sommeil. Quand j'en émergeai, j'étais seule dans le lit. De Jeanne ne restaient que le parfum et un peu de la chaleur de son corps. Sur la table de la cuisine, je trouvais écrit sur deux morceaux d'essuie-tout.

« Rose, ainsi que tu as pu le constater, je suis partie. Chez toi, j'étouffais. Comme devait faire ma boîte aux lettres quand le facteur glissait en elle une lettre de toi. Lettres toujours scotchées au dos de l'enveloppe. Comme si tu craignais que tes mots ne s'envolent. Qu'ils profitent du voyage que tu leur offrais pour prendre la tangente. Les lisant, je les comprenais. Entassés les uns sur les autres, comprimés dans un espace réduit, allant du haut de la page au bas, recto, verso. Ils n'avaient pas de souffle. Tu étranglais tes mots. Les empêchais de parler. Ces lettres, je les ai gardées des années, puis un jour je les ai brûlées. Toutes sont parties en fumée. Et je n'en ai aucun regret. Tu m'étouffais. J'avais essayé de te le faire comprendre par mes silences, lesquelles pouvaient durer des semaines, voire des mois. Tu ne les entendais pas. Sourde à eux, tu poursuivais inlassablement ce que de plus en plus je vivais comme du harcèlement. Au point que j'en étais arrivée à me défier de ma boîte aux lettres. Oui, je passais devant l'ignorant, de crainte qu'une lettre de toi ne dépasse de ses lèvres soient brûlantes soient glacées, selon les régions où je me trouvais. Pourquoi avais-je la faiblesse de te donner mon adresse à chaque fois que je changeais de pays ? Pourquoi ne trouvais-je pas la force de t'envoyer sur les roses ? Une jolie rupture, tu ne trouves pas ? Elle m'a envoyée sur les roses ! Il y en a qui aurait des expressions plus fleuries, mais moins poétique, n'est-ce pas ? J'ai peut-être une réponse au fait que je te largue aujourd'hui. Pour moi, vois-tu, une amitié ne peut se nourrir que de lettres. J'ai besoin du mot dit, de voir l'expression du visage de l'autre quand il ou elle le prononce. J'ai besoin d'entendre les émotions qu'il véhicule. Je sais, le mot écrit le fait aussi et souvent admirablement. Et c'est pourquoi toutes deux aimons lire. Mais, je te le répète, les mots ne me suffisent plus. Tu vas me dire, et c'est à juste titre, que tu m'avais proposé cette nuit de passer de l'écrit à l'oral. En somme, de franchir le pas qui mène de l'abstrait au concret. Je touche, donc je suis. Mais qui suis-je en touchant, suis-je moi ou suis-je l'autre. Et si au bout de mon geste il n'y avait personne ? As-tu pensé à cela ? S'approprier la personnalité d'autrui n'est pas une mince affaire. D'abord intervient le phénomène d'attraction, qui doit marcher dans les deux sens pour que l'affaire soit concluante. J'entends par cela qu'il doit y avoir de la part de chacun des parties, annulation totale du soi. Entends par là, abandon de sa personne à l'autre. Ce que je n'étais pas prête à faire. Loin de là. Tandis que tu t'entêtais à suivre tes pensées subjectives. Cherchais-tu par là à ce que je t'ouvre les yeux ? À ce que je te dise crûment ce que je vais faire maintenant. À savoir, que tu ne m'as jamais séduite, ni par tes mots, ni autrement. Je me suis intéressé à toi par hasard. Parce que tu es arrivée dans ma vie à un moment ou la place était libre. J'errais entre plusieurs cahiers, plusieurs histoires, la tienne m'a distraite, bien qu'elle ne fût pas drôle. Une histoire de femme opprimée, somme toute assez banale. J'ai conservé tes lettres des années me disant que j'en ferai peut-être un jour quelque chose. Puis je les ai détruites. Et ce faisant, je me suis libérée. Puisque le jeu avait marché, que tu me tenais toi aussi sous ton emprise. Jusqu'à cette nuit du moins. Maintenant c'est fini.

Adieu, Jeanne. »

Le coup fut si rude qu'il me ramena une nouvelle fois à l'hôpital psychiatrique, où Jean signa cette fois mon internement pour une durée indéterminée. La décharge encaissée, je ne m'apitoyais pas sur mon sort, au contraire, je décidais de me prendre en main. Et quitte à passer pour folle, le devenir. Devenir Jeanne. Ainsi ce que j'avais commencé à construire hors des murs, le peaufinerais-je dedans. Où j'avais tout mon temps. Me jurant que quand je sortirai de là on ne nous distinguerait pas, Jeanne et moi. Pari gagné ! Quand Jean vint de me rendre visite, c'est à peine s'il me reconnut. Ce qui ne l'empêcha pas d'être odieux. Il réussit même à me donner deux bons coups de coude dans les côtes.

Mais je lui réservais un chien de ma chienne, car outre que m'employer à devenir Jeanne, je préparais ma demande de divorce, grâce à l'aide du psychiatre qui me suivait depuis des années et de l'assistante sociale de l'établissement. Les autorisations de sortie que ce médecin bienveillant me signait me permirent de prendre contact avec un avocat et de réunir tous les papiers nécessaires à la démarche, ô combien périlleuse, dans laquelle je m'engageais. Mais ma décision était irrévocable, plutôt mourir que de continuer à vivre l'enfer que je vivais avec Jean. J'avais dit à mon médecin que je ne voulais plus rentrer chez moi. Compréhensif, il avait prolongé mon séjour de trois mois, me prévenant toutefois qu'il ne pourrait pas le faire indéfiniment. Que déjà il n'était plus en règle vis-à-vis de la sécurité sociale. L'assistante sociale me demanda si quelqu'un de ma famille ne pourrait pas m'héberger. J'appelais ma sœur, laquelle répondit à une requête par un : « Ils n'ont qu'à te garder ! »

C'est cette réplique qui m'incita à reprendre contact avec Jeanne. Après tout, qu'avais-je à perdre ? J'écrivis donc chez son éditeur. Dans ma lettre je lui expliquais ma situation. Contrairement à ce que j'avais pensé, la réponse ne se fit pas attendre. Elle m'arriva quelques jours après que j'eus posté mon courrier, accompagné du dernier livre dédicacé de Jeanne. J'étais folle de joie ! Joie qui se dissipa très vite au fur et à mesure que les mots de Jeanne se figeaient sur la page. Elle me parlait de foyer pour femmes battues, de foyer pour femmes seules. S'excusant de ne pouvoir rien faire pour moi, en dehors de m'encourager dans la démarche entreprise. Son mot, car je ne pouvais appeler autrement les quelques lignes que je venais de lire d'elle, s'achevait sur un post-scriptum : « As-tu cherché à reprendre contact avec ce couple dont tu me parlais souvent dans tes lettres : un certain Claude et une certaine Monique Bretau ? Ton parrain et ta marraine, qui avaient écrit dans le premier missel qu'ils t'ont offert le jour de ton baptême qu'ils veilleraient sur toi toute ta vie ? » Devais-je prendre cela comme une vanne ou Jeanne, pensait-elle sérieusement à ce qu'elle avait écrit ? J'y songeais et finis par opter pour le sérieux du propos. Et aussitôt décidais d'écrire à la seule adresse que j'avais. C'était une adresse à Paris où ils possédaient un pied à terre, ou bien était-ce chez un ami qui les hébergeait quand ils passaient par la capitale ? Je ne me souvenais plus. Toujours est-il que quelques jours plus tard, je reçus une lettre qui contenait la mienne ouverte.

« Chère Madame,

Tout d'abord, je vous présente toutes mes excuses pour avoir ouvert votre lettre, qui ne m'était pas adressée, méprise dont je ne me suis rendu compte qu'en vous lisant, car sur l'enveloppe je n'ai vu que mon nom Bretau. Qui est aussi celui de mon frère auquel votre lettre est adressée. Dans votre lettre vous dites que vous êtes sa filleule et je me souviens en effet de celle qu'il appelait sa Rose. De celle qui mettait une touche de Rose dans le gris de sa vie. Il m'a toujours parlé de vous avec beaucoup d'affection, affection que partageait d'ailleurs sa femme Monique. La vie vous a séparés et vous voudriez avoir de leurs nouvelles. N'en ayant pas moi-même, je ne peux hélas pas vous en donner. La dernière lettre que j'ai reçue de Claude date de 1983, voyez, il y a treize ans de cela. Elle était postée de Nouakchott, ville où ils vivaient à l'époque. Incorrigibles globe-trotters tous les deux, ils disaient vouloir mourir sur le terrain. Peut-être est-ce fait ? Mais je ne voudrais pas vous peiner avec mes sombres pensées. C'est l'âge qui parle, pardonnez-moi. Je joins à mon courrier un dossier les concernant. Il vous éclairera, j'espère, sur leurs vies. Et puisque vous vous trouvez hospitalisée, je vous souhaite un prompt rétablissement.

Acceptez, chère Madame, les hommages d'un vieil homme fatigué. »

Je m'empressais de consulter le dossier, lequel était en partie constitué de coupures de revues scientifiques, de copies de conférences données aux quatre coins du globe. Écologues tous les deux, mon parrain et ma marraine parcouraient en effet le monde en ardents défenseurs de la planète. Ce qui fit que je me demandais si ce n'était pas grâce à eux qu'on avait troqué mon prénom de Rose, plutôt banal, contre celui de Rosemonde. Malgré les différentes adresses d'institutions où ils avaient travaillé en France et en Europe, c'est à l'ambassade de France de Nouakchott que j'adressais ma première lettre, et c'est de là que contre toute attente je reçus une réponse de la part du service consulaire, lequel m'informait que Monsieur et Madame Bretau avaient bien résidé à Nouakchott entre 1980 et 1986, dont ils avaient mystérieusement disparu le 12 juin 1986, ce dont la famille avait été prévenue. À ce courrier était jointe une lettre de mon parrain et de ma marraine. Le disait leur adresse au dos de l'enveloppe laquelle portait la mention : inconnu à l'adresse indiquée. Cette lettre, d'abord adressée chez mes parents, avait suivi chez Jean, qui l'avait interceptée et retournée à l'envoyeur. Elle avait été postée en 1986, l'année de leur disparition. Je l'ouvris non sans une certaine appréhension.

« Chère petite Rose,

Il est un temps pour tout. Celui est venu pour nous de quitter ce monde. Certes, cela peut te paraître choquant. Nous connaissons, ta marraine et moi, l'importance que tu accordes à la vie et le respect que tu lui portes. Toute petite déjà, la mort de la moindre bête te consternait. Aussitôt, il lui fallait une sépulture que tu t'empressais de lui faire de tes mains. Tu vois, nous n'avons rien oublié, même si la vie nous a séparés. Vie qui ces derniers temps pour nous est devenue insupportable, sans doute l'as-tu senti dans mes précédentes lettres, auxquelles, et ne va surtout pas prendre ça pour un reproche, tu n'as d'ailleurs jamais répondu. Te sont-elles seulement parvenues ? Quoi qu'il en soit, après mûre réflexion ta marraine et moi avons décidé d'en finir avec une existence qui ne nous apporte que souffrances. Âgés aujourd'hui et malades tous les deux, nous n'avons d'autre issue que la mort. C'est pourquoi avant d'accomplir le geste fatal, et dans le souci de laisser derrière nous les choses en ordre, j'ai tenu à t'informer que ta marraine et moi faisons de toi notre légataire universelle. Pour les formalités tu n'auras qu'à contacter note notaire, Maître Boileau, dont tu trouveras ci-joint les coordonnées. Pardonne la rudesse de ces propos et saches que de là-haut nous continuerons à veiller sur toi ».

Abasourdie, face à cette lettre vieille de huit ans, ma première réaction fut d'appeler l'ambassade de Nouakchott afin d'avoir des explications quant à la disparition de mon parrain et de ma marraine. Puis, réflexion faite avant d'agir, je décidai de prendre conseil auprès de mon médecin lequel m'encourageait vivement avant toute chose d'appeler sans tarder le notaire, personne qui selon lui serait le mieux à même de me renseigner. Je fis donc comme il dit. Je tombai sur un homme à la voix affable et légèrement empâtée qui, il était trois heures, sortait sans doute d'un bon déjeuner. À l'annonce de mon nom ce dernier s'exclama.

— Boucher-Bretau ! Ce n'est pas trop tôt ! Une de ces affaires qui encombrent mes étagères ! Venez au plus vite à l'étude que nous réglions ça.

Pas un mot de compassion pour mon parrain et ma marraine. Rien. Peut-être le notaire avait-il oublié les circonstances de leur départ. Le désespoir qui l'accompagnait. Quoi qu'il en soit, le lendemain je prenais le train pour Bordeaux, là où Maître Boileau avait son étude. Le voyage fut long. Traverser la France d'est en ouest n'est pas le plus aisé. Il me fallut passer par Paris. Cela me fit drôle de revoir la gare de Lyon, la brasserie où j'avais travaillé et où j'avais rencontré Jean. Tant de souvenirs remontaient, le front appuyé à la vitre du train qui roulait vers Bordeaux, je les accueillais dans une demi-somnolence. Souvent sur un quai de gare il me semblait apercevoir un petit garçon qui faisait signe aux voyageurs. C'était Marc enfant. Mon fils aujourd'hui devenu homme.

Mon fils, qui ne m'avait jamais écrit, ni n'était venu me voir durant mes périodes d'internement. Je soupçonnais bien que son père n'était pas étranger à ce comportement, il n'empêche que cela me faisait mal, car Marc était en âge de décider de ses choix aujourd'hui. Il avait l'âge, bientôt trente ans. De mon côté, je faisais mon mea culpa. Plusieurs séjours en asile psychiatriques et quand j'étais à la maison, dépressive, migraineuse, nauséeuse, pas la mère vraiment gaie ! Mais la maison toujours bien tenue, l'assiette bien remplie, comme si cela avait suffi à remplacer le sourire, la chanson, la caresse. J'avais failli, je le reconnaissais, à mon devoir de mère. Mais quelle femme n'en aurait pas fait autant dans les conditions qui étaient les miennes ? Battue, humiliée, violée, quasiment séquestrée ? Laquelle aurait encore eu le cœur à chanter ? Ou simplement à écouter le chant de son enfant ?

Le bercement du train finit par avoir raison de mes sombres pensées. Je m'endormis.

J'avais pris un hôtel pour une nuit dans le quartier de la gare. La chambre se trouvait au troisième sans ascenseur et la fenêtre donnait sur une cour sombre où s'entassaient des vieux matelas, qui auraient fait le bonheur de plus d'un sans-abri. Ainsi pensais-je en regardant le mien d'une nuit : petit, propre et chaud. Hors de ma chambre à la clinique, séparé du contexte médical, j'avais, je le sentais, un peu de mal à retrouver mes marques, c'est pourquoi plutôt que de prendre le bus, je choisis de prendre un taxi qui certes coûtait plus cher, mais n'étais-je pas sur le point d'hériter ? Et voilà mon petit côté vénal qui ressortait.

Maître Boileau, un petit homme rondouillard, à la paupière lourde et au teint fleuri, comme tout droit sorti d'un roman de Balzac, m'ouvrit la porte et m'invita à entrer. Comme il avait pris le temps de se rappeler, il commença par me présenter ses condoléances. Condoléances qui n'en finissaient pas. Si bien que j'y mis terme en retirant ma main de la sienne et en m'asseyant.

— Vraiment désolé, chère Madame, une bien triste histoire. Ces corps que l'on retrouve noyés, attachés l'un à l'autre. Ah ! Pour vouloir mourir ensemble, ils le voulaient ! Quel drame, avouez !

Afin d'éviter à avoir à donner dix explications, je fis semblant d'être au courant.

— Un vrai drame, dis-je, pensant : de quoi alimenter encore la machine à cauchemars.

— Je ne vous apprends rien, j'espère, demanda le notaire, levant les yeux de ses papiers.

Et je décelais dans sa voix une nuance de suspicion.

— Rien du tout, rassurez-vous Maître, j'ai été informé du fait par le frère de mon parrain.

— Bon, bon, dit ce dernier, je préfère ainsi, parce que voyez-vous chère amie, parfois sans le vouloir on peut blesser et c'est fâcheux. Mais puisque vous aviez un contact avec le frère de Monsieur et Madame Bretau, pourquoi ne pas vous être manifesté avant ?

— Parce que ce contact est tout récent, répondis-je, et pour le reste comme je vous l'ai dit au téléphone…

— Laissons, me coupa le notaire, laissons, Je suis là à vous embêter avec mes questions, mais c'est que je n'aime pas que les choses traînent, voyez-vous.

Son front ruisselait de sueur, dont de grosses gouttes tombaient sur le papier dans un petit bruit mat. Il faisait dans la pièce, que j'aurais quitté sur le champ si mes intérêts n'avaient pas été en jeu, une chaleur étouffante. Je sortis de mon sac à main un mouchoir en papier, dont je me tamponnais les tempes et la gorge. Mon geste tira le notaire de la concentration dans laquelle il s'était absorbé.

— Je sais, dit-il, il faudrait la climatisation, mais comme je prends ma retraite l'année prochaine. Vous comprenez.

Je comprenais, pas d'investissements avant de quitter les lieux. Je lassais le vieux grigou retourner à ses papiers, impatiente qu'il me dise quelque chose concernant l'héritage. Enfin vint la lecture de ce qu'il appelait les testaments authentiques, laquelle me confirma que mon parrain et ma marraine faisaient bien de moi leur légataire universelle et qu'à ce titre j'héritais d'un bien, une maison avec terrain, en l'occurrence situé à Tourtrès dans le département de Lot-et-Garonne, plus d'une confortable somme d'argent.

— Vous en aurez besoin, dit le notaire en me décochant une œillade goguenarde, pour payer les droits de succession qui s'élèvent à 60 % !

Sur ce, transpirant de plus belle, il poursuivit sa lecture au bout de laquelle il arriva essoufflé. J'espérais qu'il n'allait pas faire un malaise avant que tout ne soit fini, qu'il m'ait remis en main les clefs de la maison. J'y aspirais tellement à cette maison que je m'y serais installée le soir même.

Il me fallut attendre que toutes les démarches administratives soient terminées, ce que je fis dans l'angoisse, angoisse qu'on ne découvre que je n'étais pas divorcée, ni que je travaillais comme aide-soignante à la clinique psychiatrique des Glycines où je me faisais adresser mon courrier. J'avais usé de supercherie, j'en payais le prix. Et heureusement comme il arrive parfois que ça se passe, tout se termina bien et je pus enfin jouir du bien qui m'était échu en toute sérénité.

Je profitai d'un week-end où Jean et Marc étaient à la montagne pour récupérer mes quelques affaires personnelles. Tout tenait dans deux valises. Et c'est ainsi chargée qu'un jour d'octobre je quittais le domicile conjugal. J'avais déjà été voir la maison dont j'avais hérité, mais d'y poser mes bagages me confirmait que j'étais bien chez moi, que personne ne pourrait me chasser de ses lieux.

Dans cette grande maison isolée au milieu des champs où tout était comme si ses occupants l'avaient quitté la veille, si l'on oubliait les toiles d'araignées, je m'installai malgré la présence prégnante des autres. Et petit à petit je fis mon nid dans le leur. J'apprivoisai les masques grimaçants accrochés aux murs, les statues de bois aux sexes bandés exposés dans des niches, le grand silence qu'amène la nuit, les bruits qu'elle fait naître, J'apprenais à vivre seule, coupée du monde. Pourtant de la pièce dont j'avais fait mon bureau et d'où par la fenêtre je voyais les champs dont les confins butaient contre un petit-bois, j'écrivais à Jeanne, qui après tout n'était pas pour rien dans ma nouvelle vie. Elle me répondait, disait qu'un jour elle viendrait me voir dans ma brousse et que ce jour-là elle amènerait du champagne.

J'écrivis à Marc aussi, une sorte de plaidoyer d'une mère qui n'était pas prête à l'être. Dans cette lettre je me mis à nue, je dis tout, du viol au désamour d'une mère, des privations et des brimades dont j'avais été victime, je racontais ma rencontre avec Jean, la grossesse qui s'en était ensuivie, mes tentatives pour l'interrompre. Mon désir de mettre fin à nos jours. Que bizarrement ce fut lui qui empêcha. Je lui dis que c'est à lui que je devais d'être en vie aujourd'hui et que de cela je lui étais infiniment reconnaissante. Je terminai par ces mots : ta mère folle à délier.

Serait-il prêt à accepter ce délicat travail ? Toujours est-il que de mon côté je guettais le passage du facteur. Un personnage que celui-là. Parcourant routes et chemins par tous les temps, vêtu de son seul uniforme et toujours un refrain aux lèvres. On le disait veuf. Ce qui fit que je l'appelais le veuf joyeux ! Joyeux, je ne sais pas s'il l'était vraiment, mais disons qu'il en donnait l'apparence.

Il n'y avait pas de portail qui séparait ma propriété du chemin communal, mais une boîte aux lettres était fixée à la grille. Objet qu'il négligeait, passant outre, il entrait dans la cour en klaxonnant, ce jusqu'à ce que je sorte, souvent à moitié réveillée, en tenu négligée comme on l'est d'ordinaire le matin. Et là, c'est toujours avec une certaine déférence qu'il me remettait mon courrier « en mains propres » aimait-il à dire. S'inclinant légèrement devant moi, le faisant. Je m'attachais à sa visite au point de me mettre à le guetter. Et si je l'accueillais toujours en négligé, ma toilette était faite, mes cheveux attachés. Retrouvais-je le goût de plaire ?

« À un facteur » entendis-je dire la petite voix, qui sommeillait en moi. Et oui, à un facteur, pourquoi pas !

Léon, c'était son nom, ce n'est pas lui qui me l'apprit, l'information me vint du village où je montais de temps en temps. C'est de là aussi que j'appris que Léon était sur le point de prendre sa retraite. Cette perspective m'attristait. Étais-je amoureuse ? À cette question, me regardant dans la glace, je souris. Tirais les commissures de mes lèvres vers le haut, en fit autant du bas de mon visage, lissais mes pattes d'oies. Tandis qu'une chanson que chantait Juliette Gréco me revenait :

Si tu t'imagines
si tu t'imagines
fillette fillette
si tu t'imagines
xa va xa va xa
va durer toujours
la saison des za
saison des za
saison des amours
ce que tu te goures
fillette fillette
ce que tu te goures

Je reposais mes mains sur le bord du lavabo. Donnais raison à la chanson.

Désormais propriétaire d'une île aux trésors en plein champs, l'explorer était devenu mon occupation favorite. Découvrir cette maison était un émerveillement de tous instants dont je ne me lassais pas. Car bien plus qu'une maison, c'est le monde que je découvrais et aussi l'histoire d'un couple que le sort avait tragiquement frappé. En témoignait un album de photos qui s'arrêtait brutalement après quelques pages lesquelles montraient un couple souriant avec une petite fille. Sur la page de garde était écrit à l'encre bleue : les dernières photos de Rosemonde disparue à l'âge de quatre ans. Je tenais donc l'explication quant à ce rallongement de mon prénom. Quant à l'âge de mon baptême aussi, puisqu'il m'avait été administré à l'âge de quatre ans, âge auquel Rosemonde avait disparu. Et puis ce mot disparition, que voulait-il dire ? Rosemonde, était-elle morte à quatre ans ou bien avait-elle disparu victime d'un rapt, d'un accident ? Je fouillais fébrilement chaque tiroir, chaque endroit susceptible de renfermer des indices concernant la disparition de Rosemonde. En vain, je n'en trouvais aucun. Pourtant, je ne désarmais pas, persuadée que mon sort et celui de l'enfant disparu étaient liés.

Ma pugnacité fut récompensée un jour alors que je feuilletais un ancien dictionnaire à la recherche d'un mot tombé en désuétude. Je tombais sur une bribe d'article de journal jaunie. Dont le chapeau attira tout de suite mon attention : « Du nouveau dans la disparition de la petite Rosemonde. Le suspect numéro un, disculpé par les dires de son fils qui affirme que son père n'a pas quitté les bords du lac où ils étaient à la pêche. Même pas pour pisser, a ajouté l'enfant. Il l'a fait dans l'eau, disant que ça attirait les poissons... » L'information s'arrêtait là. Rosemonde avait donc bien été assassinée. Je feuilletais méticuleusement le dictionnaire à la recherche d'un nouvel indice. Rien. J'allais le replacer sur l'étagère de la bibliothèque quand une fleur séchée attira mon attention. C'était une rose, dont le rouge des pétales avait passé, il était presque transparent. Émue par cette fleur qui avait survécu au temps, je m'apprêtais à en récupérer les pétales quand un livre glissa, ses pages libérèrent une lettre. Je la pris et, anticipant l'importance de son contenu, m'assis avant d'en prendre connaissance. La page avait la fragilité des pétales de rose. Et l'écriture soignée me disait quelque chose. Me ramenait en enfance. Cette écriture était celle de mon parrain. L'autre, celle de la lettre de Nouakchott, avait vieilli, était devenue hésitante, mais celle-là était bien celle qui avait accompagné mes années d'internat.

« Ma tendre Louise,

Tu dis que l'enfant que tu portes est le fruit du péché. Que tu ne veux pas le garder. Je ne peux pas t'obliger à le faire, pourtant encore une fois au nom de notre amour, je te supplie de le porter à terme. Je veillerai sur lui, il ne manquera jamais de rien et, faute de ne pouvoir le reconnaître comme le mien, accepte que je sois son parrain, Monique sera sa marraine. Cela ne remplacera pas notre petite Rosemonde, mais apportera un peu de gaîté dans nos vies. Tu es bonne et tu m'aimes. Accepte, cet enfant sera notre secret.

Ton Claude. »

Je repliais cette lettre, adressée à ma mère, avec le sentiment de venir de violer un secret. Et du même coup de comprendre pourquoi j'avais été si mal aimée.

À la suite de cette découverte, complètement déconcertée, je me mis à feuilleter les livres de plus belle. Traquant l'indice qui me mettrait sur la piste de ma petite sœur disparue. Cela dura des semaines, que dis-je, des mois. Mon endurance paya puisqu'un jour entre les pages d'une encyclopédie qui avait traversé les ans, je trouvai collé des coupures de presse, lesquelles retraçaient l'histoire tronquée de la disparition de Rosemonde. La première coupure se trouvait collée sous la lettre A, A comme tant de choses. Mais dans le cas présent pourquoi ne pas penser à Assassin. Ce fut bien sûr ce mot-là que je tombais après avoir décollé la coupure. L'assassin présumé, un ouvrier agricole de passage, aurait été aperçu près du camping de T où la petite Rosemonde séjournait avec ses parents. La deuxième coupure, elle aussi amputée, se trouva sous la lettre E et commençait ainsi : Étêté, c'est bien ainsi qu'on a retrouvé la petite Rosemonde, dont le corps, séparé de la tête, était fiché droit dans la terre.

Je n'eus pas besoin de fermer les yeux pour imaginer la scène. Elle s'imposa à mon esprit dans toute son horreur. L'auteur de ses mots ayant sans doute voulu en employant ce verbe faire montre de ses connaissances en arboriculture, avait fort bien réussi son coup. Il n'y avait en effet rien à ajouter. Par cette phrase la monstruosité du crime s'exprimait dans toute son ampleur. Dans ce jeu de piste macabre je trouvais le prochain indice à la lettre U. « Un faux espoir » le braconnier interpellé hier, à l'heure du crime se trouvait à l'auberge du village. En témoigne le patron, ainsi que plusieurs clients. Poursuivant mes recherches je trouvai ce qui suit à la lettre V : « Viol atroce », après avoir été violée, la petite Rosemonde aurait été éviscérée.

Le cœur au bout des lèvres, je poursuivis ma recherche laquelle menait à la lettre X, sous laquelle je ne trouvais rien, sinon le bas d'un morceau d'une feuille de journal déchiré où la lettre X était tracée à l'encre noire. Cela ne me frappa pas tout de suite. C'est en relisant les extraits d'articles collés sous les lettres que je reconstituais le mot : aveux. Ou bien n'était-ce là qu'une coïncidence ? Quoi qu'il en soit, je décidais de tirer cette affaire au clair, se devrai-je y passer le reste de ma vie. Pour commencer je retournai à la liste des noms à qui cette encyclopédie avait appartenu. Ils étaient au nombre de onze.

Et dans l'ordre, la personne qui l'avait possédée avant mon parrain portait le nom de Bournac, un nom du coin, celui du facteur du village en l'occurrence, celui que j'appelais le veuf joyeux. Je souris à l'évocation de ce soupirant assidu qui me permettait bien des caprices. De là à aller lui demander s'il avait connaissance de cette encyclopédie, il restait un pas à franchir, car la question était délicate. Puisqu'elle impliquait que je le soupçonnais d'être le responsable du sinistre assemblage, lequel pouvait parfaitement être l'œuvre de mon parrain ou de ma marraine, voire des deux que la douleur aurait fait agir par égarement. Qui peut présager des méandres de l'âme humaine ? Toute à mes réflexions, je m'étais remise à feuilleter l'encyclopédie, persuadée de l'attrait pour les mots de la part du fameux colleur de messages. Supposition qui ne me mena nulle part. Et ce n'est pas faute d'avoir parcouru nombre de lettres, journaux et documents de toutes sortes. Rien n'en sortait, rien. Comme si quelqu'un avait voulu effacer l'effroyable réalité. Pour tenter d'y voir plus clair, j'écrivis de nouveau au frère de mon parrain, lequel, j'en avais eu confirmation, avait été informé de la disparition de son frère et de sa belle-sœur. Qu'il ne m'en ait rien dit, je mettais ça sur le compte du chagrin qu'il avait voulu m'éviter. Ma lettre resta sans réponse.

Cette histoire m'obsédait, mes nuits étaient peuplées de cauchemars, mais je ne voulais pas céder à l'attrait des médicaments dont mon organisme était saturé. Aussi me remis-je au piano dont enfant j'avais pris les cours chez les religieuses, cours que d'ailleurs payait mon parrain. Je me remis à boire aussi et pour échapper aux angoisses de la nuit, je vivais en elle. Me couchant souvent quand le jour se levait.

Ce fut cette vie nocturne, nourrie et abreuvée de fantasmagories, qui m'amena à improviser un dîner chaque dernier vendredi soir du mois avec les personnages de Jeanne. Le temps de ces dîners, où il se passait toujours quelque chose de passionnant, immergé parmi ces fantômes qui sentaient bon l'encre et la meurtrissure, j'oubliais passagèrement les miens. C'est ainsi que peu à peu s'estompa de mon esprit fiévreux le projet audacieux de confondre le colleur de messages.

Le temps passant, j'accordais de plus en plus d'importance aux dîners des derniers vendredis soirs du mois. C'était devenu pour moi une véritable occupation. Que dis-je ! Un rituel. Pour l'occasion je dressais la table pour douze.

Et si, à la dernière minute survenaient des personnages de second plan, il suffirait d'en tirer les deux extrémités pour libérer l'extension qui se trouvait au milieu, où tiendraient facilement quatre couverts. Les convives déjà installés ne souffriraient pas de ce changement, à part ceux bien sûr en bout de table qui se verraient soudainement privés de nappe. Mais leur frustration serait de courte durée puisque des sets de table étaient prévus à cet effet. Rien n'était laissé au hasard. Le menu simple, mais copieux, se composait d'une entrée, suivi d'un plat de résistance, lui-même suivit d'une salade verte accompagnée d'un plateau de fromage, le tout se terminant par un dessert avec boisson à volonté.

Les personnages de Jeanne qui arrivaient pour la plupart déjà bien éméchés, finissaient toujours par en venir aux mains, quand ça ne se terminait pas à coups de flingues. Certains soirs l'ambiance était chaude dans la maison au milieu des champs. Mais il y avait aussi des soirées qui s'achevaient en chansons. On y déclamait même des poèmes ! J'aimais l'éclat fragile des personnages de Jeanne, leur imprévisibilité, leur gouaille poétique. Le monde de déjetés qu'ils incarnaient. Je me sentais bien parmi eux. Aussi ce soir-là pour les accueillir, avais-je revêtu mon fourreau de lamé rose.

Ce furent des coups frappés à la porte de la véranda, qui me réveillèrent. Je ramassais le livre qui m'avait échappé et fis disparaître la bouteille de champagne vide.

— Entrez, dis-je, c'est ouvert.

La pluie battait les vitres, je grelottais. Quelle heure pouvait-il être ? Me revenait vaguement avoir rêvé que je me tirais une balle dans la tête. Je fis quelques pas et instinctivement portais la main à ma tempe droite, puis à ma tempe gauche. Pas de trace de sang. Un cauchemar…

— Entrez donc facteur, insistais-je, vous n'allez pas passer votre matinée à user vos semelles sur le paillasson.

Le facteur entra et déposa une lettre sur la table.

— À votre mine et à votre mise, dit-il me détaillant, je devine que vous avez encore passé votre nuit à les attendre. C'est la même chose tous les derniers vendredis du mois. Ils ne viendront pas Madame Rose. Ils ne sont pas vos personnages, pas plus que vous n'êtes Jeanne.

Je toisai l'employé des postes avec mépris et demandai :

— Qu'en savez-vous ?

— J'en sais ce que vous m'avez-vous-même raconté, Madame Rose. C'était il y a deux ans à la fête du village. Vous avez oublié ? Vous aviez bu. Vous vouliez boire encore. Je vous ai accompagnée. Les gens nous regardaient de travers. Nous nous en moquions bien. Nous étions seuls au monde. Du moins ainsi me sentais-je. C'est quand je vous ai accompagnée chez vous, incapable que vous étiez de marcher droite, que vous m'avez confié n'être pas Jeanne, pour qui vous faisiez passer depuis votre venue au village. Vous m'avez également parlé de vos dîners chaque dernier vendredi du mois. Et puis aussi de vos séjours en asiles psychiatriques. Mais il m'en eut fallu bien plus pour me détourner de vous, tant j'étais épris.

— Pourquoi parlez-vous au passé ? demandais-je, vous ne l'êtes plus ?

Pour toute réponse le facteur désigna la lettre du regard. Nous étions face à face, seuls quelques centimètres nous séparaient. Un pas et nous étions l'un contre l'autre, comme la fameuse nuit où j'avais parlé au facteur. Après, je l'avais complètement dédaigné, ignoré ! J'avais même, jugeant en avoir trop dit, pensé à quitter le village.

L'enveloppe qui n'était pas timbrée, ni ne portait le cachet de la poste, tremblait légèrement entre mes doigts. Je la décachetai et en retirai une lettre écrite sur du papier pelure rose, que me m'assis pour lire.

— Elle est de vous, n'est-ce pas ? demandais-je au facteur après en avoir parcouru le début.

— En effet.

— Dedans vous me déclarez votre amour. Croyez-vous que ce soit en privant quelqu'un d'un rêve qu'on puisse le rendre heureux ?

— Oui, à condition de le faire rentrer dans un autre.

— Présomptueux que vous êtes ?

— Peut-être. En attendant je vais rallumer le feu.

— En attendant quoi ?

— Vous grelottez… Et puis, n'oubliez pas que j'ai un prénom : Léon.

Tandis que Léon rallumait le feu, je rouvris *Les choses de la vie* au hasard et lu à la page 126.

« *Nous avions perdu l'habitude de bavarder ensemble, Bertrand. Ce monologue d'outre-vie me fait du bien malgré ses décousus. Je ne te demande que d'être là et d'écouter.* »

— Je suis là et je vous écoute, dit Léon.

— Je vous ai souvent vu, sans vous regarder, dis-je.

— Je l'ai remarqué. Mais poursuivez, demanda Léon, votre voix déjà belle, l'est encore plus quand vous lisez.

Je repris ma lecture :

« *Je m'inquiète ridiculement de la façon dont ils vont faire ma 'toilette'. Les infirmiers peignent les gens n'importe comment. Tu sais que je peux être ridicule avec ces épis sur la tempe gauche, qui s'épanouit en toupet si l'on n'y prend pas garde, mais aussi comme les cheveux trop plaqués me font la figure d'un danseur de tango.* »

Le feu prenait, il donnait de belles flammes. Et dans la lumière de celles-ci, il me semblait voir Léon pour la première fois. Et je réalisais combien il avait dû être beau. Désirable. Mais il était trop tard. Le guichet était fermé. Il n'y aurait plus de voyages nulle part. Plus de voyages, tout court. La vie serait désormais sèche. Je reposais le livre sur la table. Léon activa le feu à l'aide du soufflet. Puis vint s'asseoir à côté de moi. Nous restâmes ainsi un long moment face à la cheminée, sans rien dire. Puis je demandai à Léon :

— Pourquoi êtes-vous devenu facteur ?

— C'est à cause des lettres, répondit-il, j'aime les mots comme personne. Vous n'avez pas idée. Les mots, voyez-vous, ce sont mes compagnons. Et d'en apporter aux autres, chaque jour sauf le dimanche, est un bonheur.

Léon s'interrompit. Et posant sa main droite sur la table, ajouta :

— Remarquez qu'on ne sait jamais ce que contient une enveloppe.

— Si on le savait, répliquai-je, beaucoup resteraient fermées.

— Ah, ce propos, dit Léon, mettant la main à sa poche. J'allais oublier, je suis passé à la poste ce matin, on m'a remis cela pour vous, ajouta-t-il me tendant une sur l'enveloppe de laquelle je reconnus l'écriture de Jeanne.

Il y avait longtemps. Je le remerciai, puis glissai la précieuse missive dans le décolleté de mon fourreau. Geste qui n'échappa pas à Léon, dont la lettre, elle, était restée sur la table.

La pluie battait maintenant violemment les vitres.

Léon esquissa le geste de se lever.

— Ah non ! me surpris-je à dire, vous n'allez pas repartir par ce temps. Laissez-moi nous faire un café.

Léon accepta. Ce n'était pas la première fois que nous prenions un café ensemble. Mais celui-là, plus que les autres, semblait lui faire plaisir. Comme si par ce simple geste, je me donnais un peu. Ce que je faisais sans doute à ma manière en observant mon hôte. Ses mains étaient courtes et larges, au-dessous de la dernière phalange de chaque doigt, bruns et drus, des poils foisonnaient, formaient comme un début de mitaines que s'étiraient jusqu'aux poignets, couvraient les avant-bras, imaginais-je. Et pareille au lierre grimpait jusqu'aux aisselles. Envahissait le torse, le dos, descendait jusqu'aux fesses, recouvrait les jambes et les dessus de pieds ainsi jusqu'aux orteils.

Mais que m'immisçais-je là dans l'intimité de Léon, qui n'en finissait pas de touiller le fond de sa tasse à la recherche de quelques restes de sucre. Ce qui fit que je lui proposais de faire un canard. Léon accepta d'autant plus volontiers, que la pluie avait redoublé d'ardeur. Je me mis donc en devoir de lui servir un verre de goutte. J'avais un très bon calva, cadeau d'un voisin éloigné. Quand il trempa son sucre dedans, je ne pus m'empêcher d'approcher mes lèvres du rectangle blanc imbibé d'alcool. Quand j'y croquais, Léon sourit et un bref instant, j'entrevis le jeune homme qu'il avait été. Et l'envie me vint qu'il me prenne dans ses bras et me garde serrée. Fort, plus fort que le temps passé, que celui à venir. Fort comme l'instant qui nous réunissait dans ma cuisine un jour de pluie. Pluie qui d'ailleurs avait soudainement cessé. Léon en profita pour prendre congé.

— Pardonnez Madame Rose, mais il me faut poursuivre ma tournée.

— Quelle tournée ? dis-je, vous oubliez qu'il y a bientôt un an que vous êtes à la retraite !

Léon fit un geste de la main, qui signifiait : à oublier !

Au travers des vitres brouillées, je le regardais enfourcher son vélo.

Et ce faisant ne pouvais m'empêcher de penser au roman de Flann O'Brien, *Le troisième policier*. Du pied droit, du pied gauche, sur quelle pédale, Léon, allait-il appuyer pour démarrer ? La façon dont il le ferait indiquerait si son vélo contenait de l'omnium. L'omnium, qu'était-ce déjà ? Il y avait si longtemps que j'avais lu ce livre. Il faudrait y revenir. Léon appuya sur sa pédale gauche. Je le taxais aussitôt de suspect. Car la mémoire me revenait. Il me semblait bien que ceux qui marchaient à l'omnium partaient du pied gauche. Je notais dans la marge voir omnium. Puis, je retournais dans la cuisine et là, auprès de l'âtre, une coupe de champagne tiède à la main, je relus la lettre de Léon :

« Chère Rose,

Allons directement aux choses. Je vous ai désiré dès l'instant où je vous ai vu. Tout en vous m'a séduit. Votre élégance, votre grâce. Ne parlons pas de votre beauté qui au temps avait tenu tête. Une entêtée, votre beauté ! Vous deviez avoir autour de cinquante ans et, chaussée de tennis bleus et blancs, en short, vous montiez à pied la côte qui mène au village. Je vous croisais tous les matins, sauf le dimanche. Ainsi, six jours sur sept, j'avais la faveur de mettre mes roues dans vos pas. Comme dans *À bicyclette* que chante Yves Montand. J'ai eu souvent, aussi, envie de mettre pied à terre sur le petit chemin, devant Paulette. Mais vous ne vous appeliez pas Paulette, n'y n'étiez fille de facteur. Vous vous appeliez Rosemonde et veniez de la ville, la grande, celle qu'on appelle la Ville lumière. Ou autrement dit, la machine à rêve. Et vous l'étiez pour moi ce rêve, qui n'avait jamais quitté le 47. C'est ainsi que j'ai commencé à lire votre courrier et les livres de Jeanne. C'est vrai que je vous ai aimé aussi à travers elle. Au fil des pages, vous ne faisiez plus qu'une. Jeanne Rose ou Rose Jeanne. J'étais amoureux de deux femmes et je l'avoue, j'aimais cela.

Tout vous était restitué, car je vous savais fine et attentive. Et puis m'est venue la folie, si vous voulez, d'entretenir la vôtre. Alors, j'ai commencé à vous écrire. Un jour admirateur, un autre admiratrice. Mes missives partaient de partout. Des communes alentour, mais également des quatre coins du monde. Car moi, avec mon air de rien, j'avais des relations partout. Sans doute les soupçonniez-vous, puisque vous guettiez ma venue, Rose. Un jour peut-être vous me direz. Ne tardez pas, car le temps presse. Je ne veux pas par là parler de nos âges, encore qu'ils comptent. Je veux parler du temps qu'il nous reste à partager. Et encore de votre beauté Rose, ne me laissez pas mourir sans l'avoir touché.

Léon, facteur, porteur de mots. »

La fascination des mots pour Léon me frappa. Réveilla ma curiosité. Mon esprit s'emballa. Et si c'était lui, l'auteur du sinistre montage. Après tout, son nom figurait dans l'encyclopédie. Il n'en fallut pas plus pour que je voie Léon dans la peau du petit garçon dont les dires avaient disculpé le père. Il aurait eu six ans au moment des faits. Est-ce que le témoignage d'un enfant vaut à cet âge-là ? Je tentais de me calmer, me répétant qu'ainsi qu'il l'avait écrit dans sa lettre Léon n'avait jamais quitté le 47. Or le crime avait eu lieu dans le 63. Et puis par quel miracle aurait-il eu accès à cette encyclopédie ? Je décidais de lui en parler lors de notre prochaine rencontre. Et pour le reste loin de moi la pensée de lui en faire grief, qu'il ait lu des lettres de Jeanne, qu'il m'en ait écrites se faisant passer un jour pour un admirateur, un autre pour une admiratrice, ce dont je n'étais d'ailleurs pas dupe, m'avait plutôt plu. Et c'est sans état d'âme que je m'étais prêtée à ce petit jeu vaniteux, lequel prenait fin avec l'aveu de Léon.

Je perdais des dizaines d'admirateurs et d'admiratrices, mais semblait-il, gagnais celle que j'avais longuement attendue : Jeanne. Me le dirent les mots de la lettre que j'ouvris après le départ de Léon.

« Rose,

J'ai laissé la peau de mes mots un jour d'août 2010 dans une chambre d'hôpital. À la suite d'une mort subite récupérée, selon le langage médical. Depuis j'attends la greffe miraculeuse… elle ne vient pas. Il semble qu'elle ne puisse venir que de moi. Alors, j'écris, mais la peau n'y est pas. Je ne la sens pas sous ma plume. Nul frémissement, ni hérissement, rien. J'écris sur du vide, dans le vide, pour le vide. Puis il y a ces tremblements qui semblent m'y précipiter encore. Des tremblements imprévisibles, contre lesquels je ne peux rien, sinon prendre dans ma main gauche mon poignet droit quand j'écris. Si tu savais comme j'envie les gens qui écrivent aisément. Je ne parle pas là de littérature, ne crois pas que ça existe, mais de simplement une liste de course, un rendez-vous. Ou bien juste signer son nom. Sans trembler. Tu comprends, sans sembler avoir peur. Car c'est de ça qu'il s'agit, de peur. Peur de mourir. Comment s'en détacher. Je ne crois pas qu'on le puisse, je crois que cette peur est inhérente à l'homme. Qu'en penses-tu ? Et que penses-tu du fait que je me sente atteinte d'une maladie honteuse ? Car c'en est une que d'écrire dans le vide. Pour ne rien dire en somme. Il est facile d'aligner les mots les uns derrière les autres. Comme d'écrire par exemple : par la fenêtre de mon bureau je vois le pêcher ployer sous le vent, l'herbe qu'il couche, au loin j'entends les aboiements d'un chien. Pourtant convenons qu'en écrivant cela, je ne dis pas rien. Je décris ce que je vois depuis ma fenêtre et les bruits que j'entends. Que cherche donc Rose à retrouver le temps béni ou écrire me semblait facile, alors que ça ne l'a jamais été ? Mais l'on oublie les jours, les nuits d'angoisse pour ne privilégier que le meilleur, la reconnaissance, le succès ! Les hommages On salue la naissance d'un écrivain ! On applaudit, on bat des mains, on trinque ! On oublie l'autre caché derrière, la brisure ! Et l'autre pour un instant l'oublie aussi. Pour un instant seulement. Car la brisure revient et chaque fois plus bleue.

Jeanne. »

Devant pareille confession, tellement inattendue, si spontanée, je restais bouche bée, fixant la lettre qui tremblait légèrement entre mes mains. Ainsi Jeanne avait-elle un moment faussé compagnie aux vivants. Elle avait fait ça en catimini. Elle avait mis les bouts en douce. Mais les bouts n'ayant pas voulu d'elle l'avaient ramenée à la case départ, non sans lui avoir en chemin raflé son bien le plus précieux, l'écriture. Je parle uniquement là de valeurs intrinsèques (car je sais l'importance pour Jeanne de son mari et de son fils). Spoliée de ce bien, comment allait-elle poursuivre ? Et puis rien ne disait qu'il était perdu pour toujours. Il fallait qu'elle rebondisse. Elle l'avait fait tant de fois. Je m'empressais de lui écrire, l'adjurant de ne pas céder à l'appel de vide et si nécessaire d'écrire dessus.

Et voici la réponse que je reçus :

« Rose,

Suivant ton conseil, je m'emploie à écrire sur le vide, sans autre support que la page. Le problème est que je n'ai rien à dire, parce que j'ai tout oublié de lui. Absolument tout. Il ne m'en reste rien, m'entends-tu. Pas un souffle. Je suis passée de la vie à la mort, comme on passe une porte, qui mène de la lumière à l'ombre. Et même là j'invente puisque je n'ai gardé aucune notion de ces deux phénomènes. Pas même la sensation d'une chute. Le rapt parfait ! Si j'y étais restée comme on dit, je n'aurais pas souffert. Pas un brin. Tu comprends donc qu'il m'est difficile d'écrire sur le vide, car dans le cas présent, écrire sur le vide revient à écrire sur l'oubli. Et que dire de l'oubli ? L'inventer est bien sûr une solution. Mais je ne me sens pas capable d'inventer un coma. J'ai beau me creuser les méninges, je n'y arrive pas. Val m'a dit que quand il était venu me voir aux urgences, on m'avait déjà clos les paupières avec du sparadrap. Tout est derrière, profondément enfoui sous les décombres d'une mémoire à laquelle je n'ai pas accès.

Excuse cette écriture tremblée,
Jeanne »

Bien sûr que j'excusais, j'excusais tout de Jeanne et même l'injonction dans un post-scriptum de ne plus lui faire signe avant qu'elle ne m'en donne le signal.

Un mois passa, ramenant avec lui le printemps. Mais quel printemps ? Oui, bien sûr, nous venions de quitter l'hiver. Mais quel hiver ? Un hiver d'un mois à peine. Brumeux, d'accord, froid par moments. On dirait un hiver chagrin sans grand besoin de feu ni de mouchoir. Un hiver que l'on pourrait dire clément. Et Léon dans tout ça, et bien, pas de traces. Disparu, le facteur. Plus de lettres. Et ça me manquait, voilà. Je rayais de mon agenda les dîners des derniers vendredis soirs du mois. Et me mis à dresser la table pour deux, chaque dimanche midi. Personne ne vint, pas même un chat ou chien famélique. Vivant recluse depuis que j'avais entrepris d'écrire *Portrait de Jeanne*, je ne montais pratiquement plus au village. Mais quand je le faisais, j'étais tout ouïe. Espérant grappiller ci et là des nouvelles de l'inconstant. À qui j'allais à l'occasion glisser une lettre dans la boîte. Lettres qui toutes restèrent sans réponse. Un curieux type tout de même, qui sitôt après avoir déclaré son amour, prend la poudre d'escampette. Peur ? Mais de quoi ?

Je ne mis plus la table pour deux. Rangeais le souvenir de Léon dans un coin de ma mémoire.

Des semaines et des mois passèrent. Chaque jour estompait un peu l'image de Rosemonde. Disons qu'elle m'obsédait moins. Puis un événement inattendu la fit resurgir. Cela se passa un dimanche, jour où j'avais coutume d'aller boire un porto chez mon amie Micheline Bory, une vieille dame charmante qui avait été l'ancienne institutrice du village. Elle me dit s'étonner de ne plus voir Léon faire sa tournée imaginaire et me demanda si j'avais de ses nouvelles. À quoi je répondis non, lui faisant observer que ce n'était pas la première fois que Léon jouait la fille de l'air. Ce dont elle convînt.

— Un original, dit-elle, m'avançant d'un geste tremblotant une soucoupe remplie de biscuits à apéritifs.

Et comme je ne disais rien, elle ajouta :

— Remarquez qu'il y a des hommes qui préfèrent le veuvage au remariage. Moi par exemple, après la mort de mon mari, je n'ai jamais imaginé avoir quelqu'un dans ma vie. Tout dépend des tempéraments.

— C'est cela, dis-je, mais pour en revenir à notre facteur bien aimé, dites-moi quel genre de petit garçon était-ce ?

Tandis qu'elle portait les mains à ses tempes, le regard de ma vieille amie sembla sombrer dans un lointain profond. Ma question la ramenait en effet plus de cinquante ans en arrière.

— Je ne l'ai pas eu tout petit, dit-elle au bout d'un moment, quand je l'ai eu il avait déjà dix ans. C'était en CM2, voyez si je me rappelle.

— En effet, dis-je, et pourquoi l'avez-vous eu si tard ?

— Mais tout simplement parce qu'il était scolarisé ailleurs ma petite Rose ! s'exclama Micheline de sa voix étonnamment jeune.

Elle venait d'avoir quatre-vingt-dix ans.

— Bien sûr, dis-je me frappant le front du plat de ma main, bien sûr, comment n'y ai-je pas pensé avant ? Et savez-vous où ?

Les paupières de la vieille dame se plissèrent, entre elles bientôt ne filtra plus que le filet d'un regard bleu, absent.

— J'ai oublié, dit-elle.

Ne voulant pas l'importuner davantage avec mes questions, je décidais de prendre congé. Ça tombait bien, nous terminions nos verres. J'étais déjà sur la route quand je m'entendis appeler « Rose, Rose ». Je me retournais et vis Micheline penchée à la fenêtre de la pièce que je venais de quitter :

— Ça m'est revenu, criait-elle, car elle était un peu sourde, c'est à Clermont-Ferrand.

Je remerciais d'un signe de main.

Une fois chez moi, je me précipitais dans la bibliothèque à la recherche d'un guide sur le Puy-de-Dôme. Il y en avait sur chaque région de France, malheureusement pas rangé par ordre alphabétique. Mais avec un peu de patience je finis par mettre la main sur ce que je cherchais. Le village de T dans les environs duquel Rosemonde avait été assassinée se trouvait à une trentaine de kilomètres de Clermont, là où avaient vécu Léon et ses parents. Cela n'était peut-être qu'une coïncidence, n'empêche qu'elle me conforta dans mes soupçons. Léon avait parfaitement pu être ce petit garçon qui avait disculpé son père. Cette pensée m'obsédait et m'empêchait, j'en étais sûre, de me donner. Car comment s'abandonner à qui a vu l'indescriptible ? Comment faire confiance à ce regard qui avait vu le pire et s'était refermé sur lui ? Comment ? Et puis, pourquoi Léon avait-il tenu à ce que je sache qu'il n'avait jamais quitté le 47 ? À quoi bon ce mensonge ? Si ce n'était pas pour tenter de cacher quelques événements graves. Ainsi me retrouvais-je plongée au cœur des pensées que j'avais tenté de fuir. Et ce n'était pas la disparition de Léon qui allait m'aider à m'en sortir. Et malgré la défiance que je nourrissais envers lui, j'en arrivais à souhaiter son retour au plus vite.

Entre-temps et malgré l'entente tacite passée avec Jeanne de ne plus lui faire signe jusqu'au moment où elle ne m'en donne le signal, je pris ma plume pour lui parler de ce qui m'occupait, à savoir l'histoire de Rosemonde, liée à celle de Léon. J'écrivis tout. Toutes mes pensées concernant le sujet y passèrent. Et pour la première fois, parlais de mon propre viol. En fis une description méticuleuse, sans omettre le moindre détail, rien ne fut épargné à Jeanne, depuis l'instant où le prédateur se saisit de sa proie à celui où, son besoin assouvi, il la relâche… Jusqu'à la prochaine fois. Des prochaines fois, il y en avait eu beaucoup, aucune ne fut épargnée à Jeanne jusqu'à celle où je pris un couteau et en menaçait mon père, comme elle avait souvent rêvé de le faire.

Jeanne ne me répondit pas tout de suite, elle le fit après ce que j'interprétais comme une période de réflexion, plutôt que par négligence. Elle écrivait toujours de cette écriture tremblée qui au fil du temps semblait s'être ramassée sur elle-même. Comme Jeanne d'une certaine façon. Momentanément, ajouterais-je pour ne pas la froisser. Car je la sentais vulnérable. Presque friable. Au bord du vide. La preuve, et ce bien qu'elle soit entourée de son mari et de son fils, les deux êtres qu'elle chérissait le plus au monde, elle écrivait ceci :

« Pourquoi faut-il, quand je remonte le store de la chambre le matin, je me demande à pourquoi ça sert ? Le paysage est là, semblable à hier, mais il ne me dit rien. Avec la peau de mes mots, aurais-je aussi laissé mon goût de vivre dans cette chambre d'hôpital ? Val dit que ça va revenir. Il ne veut pas entendre parler de dépression. Assure que j'en ai passé d'autres. Il a raison et pour cela il n'y a pas à remonter bien loin, seulement six ans plus tôt en Albanie, où après cinq crises d'épilepsie consécutives, qui m'ont plongée dans le coma, j'ai été rapatrié en France par jet médicalisé jusqu'à l'Hôpital Américain de Neuilly. Et tout ça aux frais du gouvernement américain pour lequel travaillait Val à l'époque. Tu vois, je retrouve la force de sourire à l'évocation de se souvenir. Moi et Val dans ce jet des médecins. On nous sert du foie gras. Et moi qui demande : et le Sauternes qui va avec ? Là j'étais dans mes pompes ! Je marchais pas à côté comme j'ai le sentiment de le faire aujourd'hui. Et si c'était la dernière tempête que j'essuyais ? Que le temps soit venu de rentrer au port ? Si j'étais devenue vieille prématurément ? Ah Rose, que de questions se posent à nos esprits inquiets. Mais revenons si j'ose dire à nos pauvres brebis estropiées. En commençant par Rosemonde. Un ange dis-tu. Violée, éviscérée, décapitée et enterrée, droite. Debout. Faisant pour ainsi dire face à son supplice, même privée d'yeux. Un être surnaturel en somme ? Quoi qu'il en soit, quelle histoire atroce tu me racontes là. Mais pourquoi veux-tu que Léon y soit absolument mêlé ? En dehors du fait que son nom figure dans l'encyclopédie, encore que rien ne prouve que ce soit bien le sien, puisque comme tu le dis toi-même, ce nom est très commun dans la région, quelles sont les raisons objectives qui t'amènent à faire de lui un témoin éventuel ? Reconnais que tu n'en as aucune. Je te conseille donc pour dissiper le doute qui empoisonne, semble-t-il, ta relation avec Léon, d'en parler au plus vite avec lui. Tu trouveras les mots pour, j'en suis sûre. Et maintenant une question : comment as-tu fait pour m'écrire des années sans me parler du viol dont tu as été victime à l'âge de neuf ans ? Quand tu savais qu'il m'était arrivé la même chose ? Tu avais lu ce que j'avais écrit sur le sujet, tu m'en avais félicitée. Et malgré ça tu avais gardé le silence. Il avait fallu la mort de Rosemonde pour que tu parles enfin. Si la mort sert à quelque chose, la sienne aura servi à te libérer de ton secret. Joins tes mains si tu peux, moi je ne peux pas, et pensons à elle très fort. À elle et à toutes celles pour qui le viol est quotidien. »

La lettre était signée cette fois de l'empreinte du majeur droit de Jeanne, clin d'œil à une nouvelle qu'elle avait écrite sur l'inceste, intitulée *Le majeur droit*, que je pris l'occasion de relire. Et encore une fois la magie des mots opéra. Je les vis prendre forme sous mes yeux, comme si Jeanne leur avait insufflé la vie. Je passais ainsi un moment face à un spectacle inquiétant. Puis, revenant à la réalité, je réfléchis à ce que Jeanne avait écrit quant à l'implication de Léon dans l'histoire de Rosemonde et ma conclusion fut qu'elle avait vu juste. Je n'avais en effet aucune raison objective d'y mettre Léon. J'avais hâte de le revoir pour mettre tout ça au clair. Pour voir clair dans ma vie.

Un matin, je vis une jeune femme poser pied à terre devant ma boîte aux lettres. Je ne me souciais pas si c'était du droit ou du gauche. L'omnium ne m'intéressait plus. En vérité, je n'avais plus d'intérêt pour grand-chose. Il faut dire que l'absence de Léon et le silence de Marc, ne m'y incitaient pas. Pourtant, je sortis ouvrir ma boîte aux lettres me disant qu'en elle je retrouverais peut-être le réconfort attendu. Il était là sous la forme de plusieurs lettres. De la plupart, la pluie avait dilué l'encre et de fait effacé l'adresse. Lettres mouillées, lettres humides. Je les plaçai au coin du feu. Le soir finirait bien par venir. Et alors chaudes encore, je pourrais les lire. J'avais aussitôt reconnu, sur les enveloppes que la pluie et l'humidité avaient épargnées, l'écriture d'un ancien admirateur : Léon. La plupart de ces lettres avaient été postées du Canada. Et plus précisément de la ville de Montréal.

Qu'était-il allé faire là-bas ? Y avait-il de la famille, des connaissances ? Avait-il voulu marcher dans les pas de Jeanne, qui avait vécu dans ce pays ? Je passais mon après-midi plongée dans *La passagère*, livre que bien plus tard dans un autre livre, elle appellera : « L'aventure américaine ». Cela m'aida à attendre le soir. Il tarda. Nous venions juste de passer à l'heure d'été. Enfin il vint, se posa doucement. Estompa chaque chose.

J'ouvris une lettre au hasard. Qu'importait, puisque le cachet de la poste était sur la plupart illisible. Le papier bleu pâle, souple et transparent, était imbibé d'encre. Au bas de la deuxième page, je ne déchiffrais que deux mots : « À bientôt »

Je remis le couvert pour deux.

Portrait de Jeanne avançait et le printemps aussi. Un printemps précoce, audacieux, qui met les arbres hors d'eux et les oiseaux pareils. Toute la faune et la flore s'emballent. C'est *Le grand bal du printemps*, comme dirait Jacques Prévert. Je quittais mes pantalons de velours côtelé, mes pulls à cols roulés et autres harnachements hivernaux pour retourner à des tenues plus légères.

Et puis, après de nombreux jours ensoleillés, il se mit à pleuvoir. Une grosse pluie s'abattit sur la terre, transforma tout le paysage. De radieux, qu'il était, le rendit morne. Le ciel bas ne laissait passer aucune éclaircie. Il faisait gris comme l'on dit. Mais les gens au village affirmaient qu'il fallait de la pluie. Que les cultures souffraient déjà.

Alors à ma table face aux champs, verdoyant, au petit chemin devenu rivière, patiemment j'attendais le retour du soleil et celui de Léon. Sur la page bleu ciel ma plume allait son train. Au ralenti, ajouterais-je. J'avais du mal à saisir Jeanne. Certes, elle était retorse, mais ce n'était pas tout. Et au fil des jours je comprenais que même le filet des mots ne pourrait pas la capturer. Folle de liberté, Jeanne passerait au travers de ses mailles, quitte à en mourir. J'aurais aimé qu'elle vînt, que nous parlions ou simplement nous regardions. Il m'aurait plu de mélanger mon souffle au sien. Mais elle faisait la sourde oreille.

Plus de lettre de Léon. De la boîte coulait de l'eau.

D'un jour à l'autre, l'été chassa la pluie. Il s'imposa lourd et très chaud. La terre en geignit. Des branches d'arbres tombèrent, certains d'eux se fendirent. Mon prunier sous mes yeux perdit deux branches maîtresses. Consolons-nous, en nous disant qu'il était vieux, que d'avoir porté tant de fruits l'avait fatigué. C'est vrai que ses branches, chaque année août venu, croulaient sous le poids des reines-claudes. Je ne faisais pas de confitures avec. Mais pareil aux oiseaux, les mangeais à même l'arbre.

Jeanne me faisait suer au premier sens du terme. Face à la fenêtre ouverte, mon front et mes aisselles ruisselaient. Arriverais-je à la cerner ? Et en supposant que j'y parvienne, que ferais-je d'elle ? Elle qui avait déboutonné sa robe chemise sans craindre d'exposer son corps nu face au monde. Geste de bravoure inouï que je ne pouvais m'empêcher de comparer à une sorte de hara-kiri. La tête penchée sur la page, le stylo à la main, je ne l'invoquais pas. Je l'inventais. Au fils des pages elle revêtait tour à tour les traits d'une sainte, ceux d'une pasionaria et d'une martyre. Elle reprenait vie sous ma plume. Et avec son souffle toutes les femmes auxquelles on avait cloué le bec reprenaient voix. La nuit venue, elles emplissaient ma maison de leurs chants, de leurs cris de douleurs, mais aussi de leurs rires. C'est avec eux que je m'endormais.

L'un d'eux dominait, c'était celui de Lulu, la sœur de Jeanne à qui elle avait donné une large part dans son premier livre. Et dont elle parle dans ses lettres. Au point que j'en rêvais. C'est ainsi que Lulu devint pour moi la personne la plus attachante au monde qu'il soit, d'une part son abnégation à se sacrifier pour la fratrie, comme elle le fit, et comme Jeanne le décrit si bien, d'autre part pour la reconnaissance qu'elle ne cherche pas à en tirer. Aucune. La pensée me turlupina et puis un jour je décidais d'écrire à Lulu.

Je lui dis que j'avais entrepris d'écrire un *Portrait de Jeanne,* et comme je peinais à la tâche, venais solliciter son aide. Pour cela je proposais que nous nous rencontrions, soit chez elle, soit chez moi. Les frais seraient bien sûr à ma charge.

— Venez, répondait-elle, et si ça ne vous dérange pas, vous dormirez là où mon compagnon est mort.

Je répondais sans tarder à cette invitation. Et quelques jours plus tard, pris le train pour Paris. Lucette, ou Lulu comme l'appelait Jeanne dans ses livres, habitait Ormesson. De la gare Montparnasse, plutôt que de prendre un taxi, je choisis de prendre le RER, qui s'arrêtait à la Varenne Chènevière. Ainsi je refaisais la ligne dont les noms de stations avaient fait rêver Jeanne. À Joinville-le-Pont, le front appuyé à la vitre je ne puis m'empêcher de fredonner ce refrain :

À Joinville le Pont pon pon
Tous deux nous irons ron
Regarder guincher

Chez chez Gégène
Si l'cœur nous en dit di di
On pourra aussi si si
Se mettre à guincher ché ché
Chez Gégène

Arrivée à la Varenne, je pris un taxi qui m'amenât au 73 rue Jean Jaurès à Ormesson, là où habitait Lulu. Elle m'attendait à l'ombre d'une tonnelle aux contours indécis. Tantôt penchant à droite, tantôt à gauche, tout dépendait aussi de la manière dont l'on posait les pieds sur la petite allée qui y menait. Pas vraiment nivelée, mais cela ne semblait pas être le genre de la maison où tout avait l'air d'aller de guingois. À commencer par l'homme qui sortit de la véranda, suivi d'un chien qui aboyait, à qui il donna un coup de pied par le faire taire.

— Excusez, dit Lulu, c'est Patrick, il est mal réveillé.

Et prenant le chien dans ses bras :

— Je suppose que vous êtes Rose ?

— C'est ça.

— Hé bien, asseyez-vous.

Je pris place sur l'une des chaises rouillées, disposées autour de la table pareille, tandis que Lulu s'éclipsait à l'intérieur de la maisonnette. Elle était bien la même que Jeanne l'avait décrit dans son dernier livre. Rien ne manquait au personnage, ni sa spontanéité, ni l'humilité, ni le masque de souffrance qui au fil des ans n'avait cessé de creuser ses traits, sans oublier sa natte blanche de vieille Chinoise qu'en vue de ma venue, coquette, elle avait particulièrement soignée.

Patrick, qui n'était autre que le dernier frère de Jeanne, fumait en regardant l'intérieur de ses mains, comme s'il avait cherché à y lire son avenir. Avenir que je pressentais sombre. Mais ne le sont-ils pas tous ? Jeanne avait écrit qu'il squattait sa sœur à la suite de la mort de celui qu'il appelait son beauf. Qu'il n'y avait pas moyen de le faire décaniller de là, et même s'il y avait eu moyen, Lulu l'aurait-elle choisi ? Quand deux solitudes se rencontrent et s'épousent, qu'y faire sinon s'incliner ! Lulu revint, précédée d'un plateau sur lequel reposaient une bouteille de champagne dans un sceau et trois coupes.

— Nous allons faire comme si elle était là, dit-elle, déposant le tout sur la table. Puis elle se mit en devoir d'ouvrir la bouteille. Le bouchon sauta, de la mousse s'échappa du goulot, Lulu s'en humecta les doigts avant de m'en tamponner le derrière des oreilles.

— Ça porte bonheur, dit-elle.

Elle nous servit et nous trinquâmes. Sauf Patrick qui s'était retiré à l'intérieur.

— Elle aime le champagne, dit Lulu, j'en ai toujours une bouteille au frais quand elle vient. Malheureusement, elle ne le fait pas assez souvent. Toujours au loin, toujours à courir le monde. Mais je ne vous apprends rien de nouveau. Tout ça est dans les livres, dans la presse. Voulez-vous voir des photos d'elle jeune fille ?

— Volontiers, dis-je

Pendant que Lulu cherchait les photos, je regardais autour de moi. Dans un coin du jardin près de ce que je présumais être un débarras, une toile inachevée attendait sur un chevalet. Jeanne m'avait dit que Lulu peignait. Je n'aime pas ce qu'elle fait, avait-elle ajouté, mais j'aime qu'elle le fasse. Cette toile représentait l'ébauche d'une femme en train d'allaiter. Ce que Lulu n'avait pas fait, puisque son enfant était mort quelques heures après sa naissance. Mort dont apparemment elle ne s'était jamais consolée. Jeanne avait écrit dans l'un de ses livres que la nuit où était né l'enfant, elle n'avait pas fermé l'œil. Le matin dès six heures on avait sonné à la porte. Quand le télégraphiste lui avait remis le message, elle avait tout de suite su qu'il lui annonçait la naissance de l'enfant. En même temps que dans l'avion qui la menait de Rome à Düsseldorf, elle était persuadée que quand elle arriverait, il serait trop tard. Le bébé serait mort. Et elle ne s'était pas trompée. Jeanne, possédait-elle un sixième sens ? Une intuition si aiguisée que ce type de prémonition se répéta à plusieurs reprises ? Plongée dans l'ébauche de l'allaitement, qui me faisait mal aux seins, j'en étais là de mes réflexions quand Lulu revint, les bras chargés d'albums photos.

— Tout est mélangé, dit-elle, les déposant sur la table, mais en cherchant nous en trouverons certainement d'elle.

Par la porte restée entrouverte nous parvenait le crissement des pneus sur l'asphalte, la stridence des coups de frein, les déclarations exaltées du commentateur de la course de F1 que Patrick suivait à la télé. L'ensemble concourait à troubler la paix du jardin, sans que personne à part moi ne semblât y prendre garde. Comme si à cette nuisance ceux qui vivaient ici s'étaient faits. Respectueuse des habitudes d'autrui, je ne dis rien. Lulu commença à feuilleter les albums où peu de photos de Jeanne apparaissaient, à par quelques-unes d'elle toute petite ou adolescente. Enfant, elle avait la mine renfrognée, l'air boudeur, sur aucune des photos un sourire n'éclairait son visage, son regard était obstinément sombre. Pas grande différence avec l'adolescente aux ongles parfaitement soignés, à la mise impeccable qui fixait l'objectif en donnant l'impression de regarder au-delà. J'aurais bien aimé savoir ce qu'elle regardait.

— Avez-vous idée de ce qu'elle regarde là ? demandais-je à Lulu.

— L'objectif, me répondit-elle.

— Non, insistais-je, regardez bien, elle regarde ailleurs, au-delà.

— Je ne vois pas, dit Lulu.

Nous restâmes ainsi penchées un moment toutes les deux sur la fameuse photo, puis Lulu dit :

— Peut-être qu'elle était déjà en train d'écrire.

— C'est ça ! m'exclamais-je, elle était en train d'écrire. Et quel âge avait-elle ?

— Seize ans. Cette photo a été prise l'été soixante à Sanary-sur-Mer. Je me souviens, je venais de passer mon permis de conduire. Et la maison que vous voyez derrière, je l'avais louée pour y recevoir ma famille. À l'époque, je travaillais à Toulon. Puisque vous êtes une lectrice de Jeanne vous savez ce que je faisais : la pute.

— Je sais, dis-je. Pourrais-je emporter cette photo, elle m'aidera, j'en suis sûre, à écrire.

— À condition que vous me la rendiez, comme vous l'avez vu, je n'en ai pas beaucoup d'elle.

Je promis et rangeais précieusement la photo entre les pages de mon agenda.

— Vous ne buvez pas, dit Lulu, remplissant ma coupe, il faut boire comme si elle était là, ajouta-t-elle, levant son verre les yeux vers le ciel.

— Elle ne croit pas, n'est-ce pas ? dis-je.

— Pas qu'elle sache, toujours, répondit Lulu.

— Parce que vous pensez qu'il soit possible d'avoir la foi sans le savoir ?

— Bien sûr. Comme la plupart des gens. La plupart ne savent pas qu'ils ont la foi jusqu'au jour où un événement fait que celle-ci leur soit révélée. Ça peut être par le biais d'une maladie, la perte d'un être cher, un divorce, une apparition, le retour d'un être cher qu'on croyait disparu, que sais-je ? Il ait mille raisons à cela.

Lulu qui n'avait toujours pas quitté le ciel des yeux, poursuivit :

— Elle l'avait, elle avait la foi ! Sinon comment s'en serait-elle sortie comme elle l'a fait ?

— À quoi faites-vous allusion là ?

— À la prostitution bien sûr et à ce qu'elle a su en tirer.

— Qu'en a-t-elle tiré selon vous ?

— Le fait d'être reconnu.

— Et cela était important pour elle ?

— Très, dit Lulu, baissant les yeux sur ses mains gercées, être reconnue était son principal but. Elle aurait écrasé tout le monde pour y arriver. C'est d'ailleurs ce qu'elle a fait. Tout le monde y est passé, moi compris, car elle n'a pas toujours été tendre avec moi, ainsi que vous avez pu le constater.

— C'est donc avant tout en elle qu'elle croyait ?

— Peut-être bien, concéda Lulu dubitative, bien que toute foi ait une origine. Et que son origine est Dieu.

Indécrottable, pensais-je étonnée, était-ce la maladie qui la rongeait depuis des années qui avait fait d'elle une bondieusarde ?

— Tenez, dit Lulu, désignant une photo, s'il fallait des preuves il n'y a qu'à regarder cette photo parue dans un journal. C'est à l'école Henri Barbusse pendant le cours de puériculture. Toutes les élèves ont les yeux baissés sur le baigneur dans la baignoire en plastique posée sur la table, à qui une élève sous les directives du professeur fait la toilette. Tout sauf une. Vous la reconnaissez. Vous voyez son regard, la force qu'elle y met pour attirer l'attention du photographe. Ça, c'est tout elle : être remarquée, être vue.

— Exister, voulez-vous dire.

— Si vous préférez, dit Lulu, sifflant le fond de sa coupe.

— Elle inventait beaucoup d'histoires ? demandais-je.

— Elle ne faisait que ça ! s'exclama Lulu, et pas toujours dans l'intérêt des autres. Souvenez-vous de ce qu'elle raconte dans son premier livre. C'est à propos d'un bain qu'elle prenait dehors dans un baquet. J'étais en train de coudre assise à côté d'elle, quand soudain une guêpe l'a piquée. Elle a hurlé et quand grand-mère est sortie de la maison, m'a accusée de lui avoir enfoncé mon aiguille dans le ventre. Ce qui m'a valu une bonne volée. Non, sous ses allures d'angelot avec ses boucles blondes, ce n'était par un ange. Elle tenait plutôt du Diable. Un bon Petit Diable, mais un Diable quand même.

Un soupir acheva la tirade de Lulu. Je savais le sujet sensible et pourtant j'osais poser la question.

— Comment était-elle en tant que prostituée ?

— Teigneuse comme vous avez pu le lire. Ça, elle n'était pas la dernière à se bagarrer. Mais toujours pour la bonne cause, notez. Et après qui c'est qu'on venait chercher pour recoller les pots cassés : Bibi ! Parce que de la casse, elle en a fait ! Autrement c'était une gagneuse comme on dit. Elle avait trouvé le truc avec son apparence de petite fille. Jupe plissée et chaussettes blanches, presque pas de maquillage. Le rêve de presque tous hommes en somme : celui de baiser leurs filles. On est d'accord ?

— D'accord, dis-je, mais quelle bonne idée que celle d'aller à contre-courant, d'opposer l'image de l'innocence à celle de l'impudeur.

Lulu laissa de nouveau échapper un soupir et alluma son énième cigarette. Elle fumait des Marlboro rouges, les mêmes que Jeanne avait longtemps fumées. Je ne fumais pas, mais j'eus envie d'allumer une. Je demandais à Lulu d'en prendre une.

— Vous ne fumez pas, dit-elle, posant sa main sur la mienne, alors restez comme ça. Ne commencez pas. Il suffit d'une.

— Mais tout ça me fait tellement penser à elle, dis-je.

— Buvez plutôt, insista Lulu en levant sa coupe, buvons à elle, qu'elle vous inspire.

Le jour déclinait, à la télé un match de rugby avait remplacé la course de F1. Je pensais que le moment était venu de prendre congé. Je me trompais, car en deux temps trois mouvements, la bouteille vide était remplacée par une pleine.

— Comme si elle était là, disait Lulu l'ouvrant, n'est-ce pas qu'elle est contente de nous voir toutes les deux ? Dites-moi que vous l'êtes aussi Rose, que nous soyons réunies toutes les trois dans le jardin ?

Je fis signe que oui.

Et cela fait, j'aurais bien pris congé, car je comprenais que je ne trouverai pas ici ce que je cherchais. Que cherchais-je d'ailleurs, cela me semblait de plus en plus flou. Pourquoi m'obstinais-je à écrire *Portrait de Jeanne* plutôt que de me satisfaire d'entretenir une correspondance avec elle ? Cependant que cette question faisait son chemin dans ma tête, me pliant aux règles de l'hospitalité, je levais de nouveau mon verre. Ainsi Lulu et moi vidâmes nos deux bouteilles et je passais la nuit dans son lit, mes jambes entrelacées aux siennes. La place du mort étant occupée par Patrick qui ronflait. Je quittais Lulu avec le sentiment d'avoir donné un coup d'épée dans l'eau.

Le premier geste que je fis en rentrant fut d'ouvrir ma boîte aux lettres où à ma grande surprise je trouvais une lettre de mon avocat. Il m'annonçait que Jean, qui avait fait appel auprès du tribunal de Lyon avait vu son appel rejeté. Ainsi prenait fin un combat qui avait duré cinq ans. Un long et âpre combat. J'exultais ? Et j'aurais aimé partager ma joie avec Jeanne qui de loin avait été témoin de cette lutte. Je sortis deux coupes à champagne du vaisselier, une bouteille du frigo, que je débouchais bien décidée à fêter l'événement. Les deux coupes remplies, je trinquais avec l'absente. « Comme si elle était là » aurait dit Lulu. Assise dans la véranda fixant le massif de lavande où virevoltaient des myriades de papillons diaphanes et autres insectes, je me repassais des pires extraits de mes années de mariage et des larmes libératrices coulaient de mes yeux.

Soulagée, j'entrepris d'écrire à Jeanne avec sous les yeux cette photo d'elle regardant et pourquoi pas au-delà du bien et du mal. Je lui fis part de ma visite à sa sœur, sans lui en dévoiler le motif. Mal m'en prit. J'avais oublié que les sœurs se parlent et que sitôt la porte refermée Lulu s'était empressée d'appeler Jeanne à qui elle avait raconté pour se faire mousser qu'un journaliste qui voulait écrire son portrait l'avait contactée, qu'elles s'étaient rencontrées, qu'elles avaient même dormi ensemble.

« Ainsi poursuis-tu ton incrustation », écrivait Jeanne, « comme le lierre tu persistes, tu t'accroches à l'écorce, cherches à la pénétrer. Hé bien, vas-y, emploie toute ton énergie et quand ce sera fait tu te retrouveras face à un tronc lisse et poli, qui ne te renverra que l'image de ton impuissance. Je croyais que tu l'avais compris. On ne devient pas autre par hasard. Il faut du talent pour cela. Certaines substances peuvent y aider aussi. Ainsi m'est-il arrivé après avoir bu et pris de la drogue de me sentir autre. Par autre, je veux dire là, personne : une sorte de fœtus voguant dans l'univers. La voie lactée comme utérus, imagines ! Non, tu préfères t'en tenir à celui de ta mère, celui qui t'a étouffée, jusqu'à l'étranglement où peu, s'en est fallu… c'est ça ? Parle, ou bien faut-il pour ça qu'on te tranche les jugulaires ? Qu'avec le sang coule la parole ? Que son flot la libère ? Pour une fois, dis-moi clairement ce que tu attends de moi ! Si c'est à t'octroyer ma personnalité : c'est râpé. Autant que ce l'est d'obtenir mes faveurs amoureuses. Contente-toi des pauvres mots que je t'adresse. Mots, que je le sens en t'écrivant, retrouvent peu à peu de leur peau. Tu vois, tu ne sers pas à rien. Merci,

Jeanne. »

D'abord, déconcertée par la rudesse de ces propos, je me consolais en me disant que si je servais au moins à redonner à Jeanne le goût d'écrire, c'était déjà beaucoup. En revanche, de mon côté je n'avais pas la tête à l'écriture. J'attendais des nouvelles de Léon, lequel n'en avait plus donné depuis ses lettres postées de Montréal.

Un matin comme j'avais pris coutume de le faire, j'allais ouvrir ma boîte aux lettres, c'est alors qu'une guêpe me piqua le dos de la main. J'y vis un signe. Par cette piqûre la guêpe me disait que Léon n'était plus très loin. En fait à trois jours de là, je reçus de lui une lettre postée à Bordeaux.

« Je ne suis plus loin Rose », écrivait-il. « À pied bien sûr de rallier Bordeaux à Tourtrès, me prendra comme vous l'imaginez un certain temps. Disons une bonne semaine. Cela vous laissera le temps de vous préparer à nos retrouvailles, même si en réalité, nous ne sommes jamais quittés. Je vous entends dire que nous ne nous sommes jamais connus, et pis encore que nous sommes trop vieux pour nous aimer. Là, vous vous trompez, Rose. L'amour n'a pas d'âge. Certes, il n'est pas le même à seize ans qu'à soixante. Nos corps n'ont pas la même vigueur, mais nos cœurs eux, nos cœurs… D'ici je vous entends me traiter de sentimental, de fleur bleue. Et pourquoi pas de con, hein Rose, pourquoi pas ? Un con qui a perdu sa femme à l'âge de 52 ans, qui n'a jamais baisé une pute. Un con qui vous a attendu, qui met tout ce qu'il a à vos pieds : son cœur. Cela calme les nerfs. Vous faites votre sourire de Joconde. Je marche accompagné par lui sur les chemins qui me mènent à vous. À bientôt, Léon. »

Je repliai la lettre sur mon écritoire et calculai au dos de l'enveloppe, un crayon à papier à la main. 120 kilomètres, à raison de cinq kilomètres par heure. Avant d'arriver ici, cela prendra environ vingt-cinq heures à Léon. Mais comme il ne marchait pas jour et nuit, qu'en route il lui faudrait prendre des pauses, se restaurer, dormir. Drôle de type tout de même qui après un si long voyage en avion, s'infligeait cette longue marche. Et qu'avait-il fait de ses bagages ? Au plus tôt, il serait là dimanche. J'avais largement le temps de faire les courses. Mon menu, je l'avais dans la tête depuis des semaines, car je savais que Léon reviendrait. Mais le voulais-je vraiment ? Je n'en étais pas sûre. Déjeuner, dîner, marcher avec lui, oui. Mais après, son souffle, ses lèvres sur les miennes, ses mains sur mes seins, son sexe dans le mien… Puis, n'est-il pas des postures que le temps finit par rendre comiques, quand elles ne tournent pas au ridicule ? À quoi bon toutes ces contorsions à la recherche d'un plaisir auquel on n'aspire plus qu'à peine ? Et avec une certaine honte. Car le plaisir n'est-il pas réservé à la jeunesse, à la beauté qui l'accompagne ? Car si beaux que soient nos restes, puisqu'on dit : avoir de beaux restes. Ce ne sont que des restes.

Il y avait si longtemps que je ne m'étais pas laissé approcher par un homme, ni par une femme d'ailleurs. La dernière fois que j'avais fait l'amour remontait à cinq ans. C'était avec mon gynécologue. Ça s'est passé dans son cabinet, sur le lit où il examinait ses patientes. Quand je l'avais appelé pour prendre un rendez-vous, il était assez tard. C'est lui qui avait répondu. « Venez lundi, avait-il dit, à 19 heures. Vous serez ma dernière patiente de la journée. » Comme il ne m'avait jamais fait d'avance, je n'avais pas saisi les sous-entendus de cette phrase qui se poursuivit par : « Ainsi nous serons seuls dans mon cabinet ».

Pour être seuls, nous l'avions été, moi surtout face à ce bellâtre vieillissant, qui profitait de sa position pour séduire ses patientes. Et ce n'est pas fière que je m'étais rhabillée. Depuis, je vivais repliée sur moi-même. Avec pour toute compagnie les mots, le piano, les oiseaux, les chiens et les chats errants. Et la radio, la nuit surtout. Posée sur ma table de chevet, elle était cette amie sur qui on peut compter. La pensée me traversa, qu'au lieu de ma radio, j'entendrai les ronflements de Léon. Insupportable, à moins que ceux-ci ne me rassurent plus que ma radio. De toute façon, quoi qu'il se passe, nous ne dormirions pas ensemble toutes les nuits. Chacun aurait son chez-soi. Jamais deux brosses à dents dans le même verre. Au secours ! Ça s'était bien fini depuis mon bonhomme de mari.

Pourtant, entre-temps, je m'apprêtais. Je me fis refaire les racines, des cheveux s'entend. Aux autres, il n'était pas même question de penser. Un embrouillamini qu'il m'aurait été impossible, y compris avec l'aide de spécialistes, de démêler en quelques jours. Après la chevelure, je m'attaquais à l'épilation des sourcils, au duvet qui surmontait ma lèvre supérieure, aux quelques poils disgracieux noirs et blancs, qui me poussaient au menton. Cela fait, je passais aux aisselles, où trois poils se battaient en duel, puis je fis le tour des mamelons, où en subsistaient quelques longs, noirs et drus. Puis j'en vins au pubis, un désastre ! Une nuit sur le mont chauve, mon mont-de-vénus ! Une fois partie, je débroussaillais les alentours. Cela fait, je descendais aux mollets. Pas poilus, les mollets, ou très peu. J'en eus vite fait le tour. Et voilà, j'étais glabre et lisse. Sans réelle attente.

Léon arriva bien un dimanche ainsi que je l'avais prévu. Comme il faisait beau, j'avais dressé la table sous l'auvent. Il posa ses mains sur mes épaules dénudées et me dit qu'il était heureux de me revoir. Je l'invitais à s'asseoir. Dans un seau à champagne attendait une bouteille qui ne demandait qu'à être bue. Avant de l'ouvrir, Léon me demanda la permission d'aller se laver les mains au robinet de la cuisine d'été. Je le regardais marcher d'un pas assuré vers cet endroit qu'il connaissait bien. C'est là qu'un jour il avait vu entrer un hérisson. « Si vous voulez le garder, il vous faudrait lui donner du hareng, Madame Rose. Du hareng cru. »

Sa voix de ce jour-là, empreinte d'émotion, me revenait, tandis que je sentais ses mains chaudes et calleuses peser sur mes épaules. C'était sans doute d'avoir trop serré le guidon, pensais-je, et je souriais à cette évocation tandis que *Le troisième policier* de Flann O'Brien dévalait à toute allure une pente de ma mémoire. Ses pneus fumants dégageaient une odeur d'omnium.

Quand Léon revint, après qu'il fut assis et que je lui eus servi une coupe, je lui demandai :

— Savez-vous ce qu'est l'omnium et en connaissez-vous l'odeur ?

— Franchement là, Rose, vous me posez une colle.

Il me regarda bien fort dans les yeux, une autre sorte d'étreinte et nous trinquâmes. Cela fait, nous prîmes chacun une gorgée et Léon dit :

— Pour tout vous dire, ce mot ne me dit rien de bon et quant à son odeur, je dirais qu'elle est mauvaise.

— Pourriez-vous détailler ?

— Non, m'en demandez pas davantage, Je vous ai dit qu'elle était mauvaise. À partir de là, à vous d'imaginer ce que vous voulez.

— J'imagine une odeur de cadavre, dis-je.

Sur ce nous vidâmes nos coupes, sans nous quitter des yeux. Et puis nous en prîmes une autre. Autour de nous, les cerisiers et les aubépines neigeaient pendant que l'impertinent forsythia dressait ses branches d'un jaune serin vers l'azur. Les oiseaux n'étaient plus les mêmes. Le temps des accouplements était proche.

— Pourquoi êtes-vous parti, Léon ? Et pourquoi le Canada ?

— Je ne suis jamais allé là-bas.

— Les lettres alors ?

— Elles étaient postées par une cousine.

— Et pourquoi ?

— Parce que le Canada, c'est loin. Pour ne pas être tenté de revenir.

— Et pourquoi ?

— Parce que vous n'étiez pas prête.

— À quoi ?

— À m'inclure, Rose, à m'inclure tout simplement. Vous viviez dans l'attente de vos dîners du dernier vendredi du mois. Auquel assisteraient ou n'assisteraient pas, les personnages de Jeanne. Vous viviez dans un rêve où je n'avais pas de place.

— Où vous n'avez pas cherché à vous en faire une non plus.

— Facile à dire, soupira Léon.

— Avouez que vous êtes quand même un drôle de zig, dis-je, vous me déclarez votre amour et le lendemain vous disparaissez. Y aurait-il en moi quelque chose qui vous fasse peur ?

— Tout, répondit Léon, n'avez-vous pas compris ? Tout ! À commencer par votre maléfique beauté.

Sur ces mots il tomba à genoux et m'étreignant les jambes, il répétait : tout, tout. Tout son corps tremblait. Je l'aidais à se relever. Nous restâmes ainsi un instant debout l'un contre l'autre. C'est alors que Léon me dit à l'oreille :

— La vamp rose, l'inaccessible vamp rose, c'est l'image de vous que j'ai emmenée en voyage. Remettrez-vous un jour cette robe pour moi ?

Je promis de le faire.

Nous vidâmes la bouteille en devisant. Léon me parla de son voyage à pied, me rappelant combien la France était belle et combien il lui avait plu de jouir de la diversité de ses paysages. Je lui confiai que j'écrivais *Portrait de Jeanne*.

— Et si vous écriviez le vôtre ? me dit-il

— Le mien, m'exclamais-je, mais lequel d'abord ? C'est que j'en ai plusieurs.

— N'importe lequel, dit Léon, ils sont tous séduisants en tout cas.

De nouveau ses mains sur mes épaules et le temps qui se fige. Un voile tombe devant mes yeux, ma vue se trouble et j'ai la bouche sèche, la langue collée au palais. Écrire, c'est parler d'inceste, Jeanne l'a déjà fait, d'autres avant elle et d'autres après. Et d'autres, je le souhaite et le crains, le feront jusqu'au bout du temps. Je leur laisse cette charge.

Je demandai à Léon de préparer le feu pour le barbecue, lui dis qu'il y avait du petit-bois sous le hangar et du charbon dans la cuisine d'été. Ses mains serrèrent fort mes trapèzes. Je me levai pour aller m'installer au piano et aussitôt résonnèrent dans la maison aux fenêtres ouvertes les premières notes de l'Adagietto de Gustave Mahler. Et le chant des oiseaux se tue. Tout en fait, ce fut un grand silence dans ma tête. Je terminai le morceau étourdie. Puis doucement revint le bruit, les odeurs, celle du feu d'abord, puis celle de l'herbe fraîchement coupée. Celle des mains de Léon sur mes épaules.

Je me levai et préparai un beurre d'ail, persillé, qui accompagnerait la viande et les haricots verts. Puis descendis à la cave pour y chercher une bonne bouteille de vin. Je me fendis d'un grand cru que je versai dans une carafe de cristal. C'est pas tous les jours qu'on a un invité à table.

Encore une fois les mains de Léon sur mes épaules. La viande qui grille. Le printemps qui s'invite avec toutes ses tentations. Et cette vivante petite voix qui s'entête à dire « ne cède pas ». Est-ce celle de Jeanne et pourquoi ? M'a-t-elle contaminé de son mal ? N'a-t-elle pas succombé elle-même au charme du beau Suédois avec qui elle a été mariée durant plus que de 30 ans ? Il n'est pas possible que ce soit elle. Cette voix est celle d'une femme qui n'aime pas les femmes alors que Jeanne les aime. Elle l'a assez montré par ses écrits.

— Je crois que c'est prêt Rose, et vous ?

— Je le suis aussi Léon. J'ai bien fatigué ma salade, comme on le dit au Québec. Je suis prête à m'asseoir.

Je m'assis face à la maison. Je n'aimais pas lui tourner le dos. Léon nous servit et s'assit face à moi.

— Je vous ai volé les paysages, dis-je.

— Vous êtes un paysage en soi, répondit Léon.

Nous trinquâmes. J'observai que ma main tremblait légèrement. Cela me gênait, mais je n'en laissais rien paraître et dis en m'étirant :

— Une journée à aller à la mer.

— Ne sommes-nous pas bien ici ? demanda Léon.

— À quarante ans vous ne m'auriez pas dit ça. Vous m'auriez regardé dans les yeux et nous serions partis tous deux à l'aventure.

— Il n'est pas trop tard pour le faire, dit Léon posant ses couverts.

Sur ce, il s'essuya la bouche et se leva. Encore une fois ses mains sur mes épaules. Cette fois elles y pesèrent très fort. Un peu comme si elles avaient voulu m'envoyer une lettre bien timbrée, que j'aurais été incapable de déchiffrer parce qu'écrite dans une langue incompréhensible. De longs instants, les mains de Léon pesèrent sur mes épaules, puis toujours fortement remontèrent vers ma nuque. La pétrirent et puis ses doigts s'enfouirent dans mes cheveux. « Ne te renverse pas, disait la petite voix, reste droite ». Je l'écoutais.

Pendant ce temps, le chat que je nourrissais depuis l'hiver dernier, finissait les brochettes laissées près du grill. Des notes de l'Adagietto de Mahler semblaient flotter dans l'air. « Ne te renverse pas, poursuivait la voix, reste droite ! » Je lui obéissais.

— Quand je reviendrai, dit Léon, nous irons à Venise.

— Parce que vous allez repartir ? demandais-je.

— Oui, il me faut pousser jusque là-bas, avant de vous y emmener.

Je ne dis pas à Léon qu'à travers les livres de Jeanne, j'étais déjà plusieurs fois allée à Venise. Je tus les rêves que ses mots avaient fait naître en moi. Je dis juste :

— Ainsi vous repartez ?

— Oui, je ferais du repérage pour nous, chère Rose. Cela me prendra à peu près deux mois. Puisque je ferai tout à pieds.

Je soupirai et ne pus m'empêcher de penser : deux mois devant moi. Deux mois entiers, seule avec *Portrait de Jeanne*. Deux mois à moi. Jeanne, qui à l'époque se prénommait Sophie, à Venise habitait l'hôtel *Daniéli*. Nuits chères, qu'elle se payait grâce à son cul ! Mais mon cul à moi, quelle valeur avait-il aujourd'hui ? Celui d'un hôtel d'une étoile, ce qui était déjà beaucoup, j'en convenais.

Malgré mon envie de le faire, je ne me renversais pas, Léon dut le comprendre, car lentement en les faisant voler, il retira ses mains de mes cheveux.

— Rose, dit-il, une fois qu'il fut assis en face de moi, avez-vous jamais songé à vous soigner ?

— Pardon ?

— Excusez. J'ai posé, il est vrai, ma question abruptement. Je voulais dire, avez-vous suffisamment réfléchi à ce que j'appellerais votre identification à Jeanne ?

— Naturellement.

— Et ?

— J'avais besoin de me couler dans la peau de quelqu'un, répondis-je, et celle de Jeanne répondait à toutes mes attentes. Jolie, talentueuse, intelligente, elle était le modèle parfait, qui s'il ne l'effaçait pas, estomperait ma médiocrité. Satisfait ?

Pour toute réponse Léon s'essuya le visage dans sa serviette. Geste que je trouvais trivial et qui à la fois me troubla. J'étendis le bras et du bout des doigts, lui effleurais le dos de la main. Sa peau était légèrement rugueuse. Exposée à tous vents depuis si longtemps, elle s'était modelée à ses caprices, sans résistance. Les mains de Léon étaient émouvantes. Âpre maintenant, la petite voix me disait : « Enlève tes yeux de là, ne cède pas à la fascination ! »

— Comment avez-vous découvert Jeanne ? demanda Léon.

— À travers la presse et les autres médias en 1976, quand est paru son premier livre. On la voyait partout. C'était le phénomène littéraire du moment, le phénomène tout court. Moi à l'époque, j'avais vingt ans et son livre m'a fait comprendre bien des choses.

— Et lesquelles, si vous permettez ?

— Acceptez que je nous resserve du vin. Peut-être parlerons-nous de cela quand vous reviendrez. Si vous revenez.

— Vous avez raison, Rose, quand on part, on peut espérer revenir, mais jamais le promettre.

Nous trinquâmes. Bûmes à petites goulées, un peu comme si c'était le dernier verre. C'est le moment que je choisis pour poser la question qui me démangeait.

— Vous avez connu les Bretau, les gens qui habitaient ici avant moi ?

— Habitaient est beaucoup dire, rectifia Léon, disons qu'ils y passaient et toujours en coup de vent. Remarquez qu'avec le drame qui leur est arrivé…

— Quel drame ? demandais-je, feignant la surprise.

— Vous ne savez pas ? dit Léon, et pourtant je croyais qu'il existait entre vous un lien de parenté.

— Pas exactement, dis-je, et quand bien même, ce lien eut existé il ne garantit pas que cela donne accès aux secrets de famille.

Léon acquiesça d'un hochement de tête. Fit une boulette avec les miettes de pain répandues autour de son assiette et dit :

— Voyez cette boulette, imaginez que c'est la terre et qu'elle tourne, vous tournez avec elle. Et puis d'un coup tout s'arrête parce que vous croisez le chemin d'un fou. C'est ce qui est arrivé à la petite Rosemonde.

D'une pichenette Léon envoya valser la boulette. Et vida son verre.

— Par la violence des faits cette histoire a marqué toute ma vie, dit-il. Mais permettez que je vous les épargne, je ne voudrais pas qu'à cause de moi vous fassiez des cauchemars.

— Comment Rosemonde est-elle morte ? demandais-je.

— Violée, éventrée, décapitée et pour finir fichée en terre. Satisfaite ?

— Si l'on peut dire.

Nous restâmes un long moment silencieux au milieu des milles bruissements environnants. Il ne me semblait pas opportun de parler maintenant de l'encyclopédie à Léon, que l'évocation de ce souvenir avait visiblement bouleversé. Je ne pus pourtant me retenir de dire :

— Vous étiez tout jeune au moment du drame.

— Exact, répondit Léon, j'avais six ans. Mais on se rappelle à cet âge-là, d'autant que cette histoire était sur toutes les lèvres. Et la photographie de Rosemonde affichée dans tous les édifices publics, chez tous les commerçants. Je me souviens l'avoir moi-même dessinée sur un mur. Cela va vous sembler fou Rose, mais je crois que j'étais amoureux de cette petite fille.

— Pas au point d'aller dénoncer son assassin à la police.

— Quoi ? s'exclama Léon, dont le visage exprimait la plus grande stupéfaction. Quoi, répéta-t-il, vous plaisantez là, j'espère Rose ?

— Bien sûr, dis-je, d'ailleurs comment auriez-vous pu être le témoin d'un crime qui avait eu lieu à des centaines de kilomètres d'ici, vous qui n'avez jamais quitté le 47 ? Hein comment ?

Léon me regardait estomaqué, sans voix. Me regardait comme s'il me découvrait. Enfin il dit, se prenant la tête dans les mains :

— Là vous me débordez Rose. Oui, vous me débordez.

Il y avait dans cet aveu et dans ce geste d'impuissance quelque chose d'émouvant. L'expression d'un désarroi profond qui me fit tendre la main à Léon. Il l'a pris sans attendre, baisa mes doigts avec ferveur en répétant :

— Il faut oublier cette pensée. Il faut l'oublier Rose.

Je m'efforçai de le faire et je proposai que nous allions chercher le dessert.

Léon me tendit la main et nous partîmes bras dessus, bras dessous vers la cuisine. En cet instant pour qui nous aurait vus, nous donnions l'image d'un couple heureux. Cela me dérangeait-il que je repris brusquement mon bras et demandai :

— Connaissez-vous Fernando Pessoa ?

— Non, me répondit Léon, visiblement étonné par ma question, qui est-ce ?

— Un écrivain portugais, répondis-je.

Nous arrivions dans la cuisine.

— Il a écrit entre autres *Le Livre de l'intranquillité*, un livre fort intéressant. Que pensez-vous du titre ? Il en dit long n'est-ce pas ?

— Sur quoi ? demanda Léon d'un ton placide qui m'agaçât.

— Mais sur ce que nous sommes bien sûr, m'emportai-je presque, sur ces êtres fiévreux, pétris d'inquiétude, prêts à lâcher prise au moindre courant d'air.

— Fiévreux et pétris d'inquiétude, je veux bien, dit Léon me prenant les mains, mais pas prêts à lâcher prise au moindre courant d'air, là je ne suis pas d'accord, pas ça Rose.

— Qu'en savez-vous ? demandai-je doucement.

— J'en sais, répondit Léon, ce que la vie m'en a appris.

Chargés du dessert nous retournâmes nous asseoir sous l'auvent où s'engouffrait un vent léger qui faisait osciller les branches des rosiers. Il faisait bon, l'air était doux, le vin pareil, le sorbet fondait sous la langue. Oui, la vie était belle, il ne fallait pas avoir peur de le dire.

— Je sais que l'homme peut être lâche, dit soudain Léon, mais je sais aussi que son repentir est sincère et profond.

— Personne ne le conteste, dis-je, avançant la main vers celle tremblante de Léon.

La manière dont il s'en empara me fit penser au geste de quelqu'un en train de se noyer. Nous restâmes ainsi face à face, lui tête baissée, moi regardant au-delà de la maison dans la direction où trois grands pins marquaient une frontière avec le champ avoisinant.

— Pourquoi tremblez-vous ? demandais-je à Léon, lui étreignant la main.

— Parce que vous me soupçonnez d'être le témoin d'un crime affreux, dit Léon relevant vers moi un visage si blême que je crus qu'il allait défaillir.

— Et si tel avait été le cas, poursuivit-il s'accrochant à moi, comment aurais-je pu y survivre, dites-moi Rose ?

— À cette question, vous seul avez la réponse, dis-je.

Léon hocha la tête en signe d'acquiescement, mais je ne le sentais pas prêt à parler. Il s'était replié sur lui-même, comme la cicatrice le fait sur la plaie, s'était entouré d'un bourrelet. Le regardant, je pensais au facteur chantant qui m'avait séduite dix ans plus tôt, cet homme dont alors je ne savais rien et de qui aujourd'hui je croyais détenir un bout de l'histoire tragique. Et je me sentais partagée entre la compassion et la colère. Dès qu'il fut parti, j'écrivis à Jeanne pour lui faire part de mes sentiments à ce sujet. À quoi elle me répondit que j'arrête de louvoyer, que j'aille droit au but pour peu que j'en aie un. Et que faute de vider les bourses au facteur, je lui vide sa sacoche ! Comme à son habitude Jeanne n'y allait pas par e chemins. Elle me raconta aussi avoir commencé « Scoop », l'histoire d'une auteure à succès qui vole dans toutes les réceptions où elle est invitée, elle fait les poches, les sacs à main, elle dérobe même des objets. Jusqu'au jour où elle se fait pincer. Elle va être sauvée in extremis par son éditeur, lequel est amoureux d'elle. Ainsi, poursuit Jeanne, ça m'évite d'aborder le sujet de la prison que je ne connais pas et qui ne s'invente pas. Et puis, n'est-il pas naturel, concluait-elle, qu'un éditeur tombe amoureux de son auteur à succès.

Cette histoire m'en rappela une autre : Jeanne avait bien eu une romance avec son éditeur au moment de *La Dérobade*. Serait-elle l'héroïne de « Scoop » ? Comme je lui demandais, elle me répondit sans ambages s'être bien inspirée d'un fait qui lui était arrivé. Cela s'était passé chez son éditrice new-yorkaise, dont la plupart des fenêtres donnaient, se souvenait-elle, sur Central Park. Dans cet immense appartement se pressait ce soir-là une foule de curieux venus voir de près à quoi ressemblait l'auteur de *The life*, sous-titré *Memoirs of a French Hooker*. Elle disait avoir agi par dégoût. Et remarquait en passant que les Américains portent peu de cash sur eux !

Elle s'était quand même fait quelques centaines de dollars, de quoi toujours offrir un festin aux cloches du coin, dans un de ses *Delicatessen* où l'on sert des sandwichs à étages. Elle disait avoir agi par dégoût, mais par ennui aussi.

Ennui, de se prêter à ce jeu vain, de la femme qui s'en est sortie, puisque derrière elle, c'est la pute qu'ils continuaient de voir.

Cette nuit-là, j'ai dormi chez eux, poursuivait Jeanne. Mais je ne saurais honnêtement pas te dire pourquoi je me suis levée au milieu. Ce qui est beaucoup dire, car nous nous étions couchés tard. Avais-je envie de faire pipi, de boire encore, de voler à nouveau, ou bien n'arrivais-je simplement pas à fermer l'œil ? Toujours est-il qu'au détour d'un couloir, je me retrouvai nue face à mon éditrice, laquelle poussa un cri d'effroi et courut se réfugier dans sa chambre. Je n'ai jamais oublié cette image, qui m'a confirmé qu'elle ne me regardait pas comme quelqu'un de fréquentable. Car avoue quelle réaction quand tu as chez toi une invitée qui ne connaît pas lieux. La première chose est de lui demander ce qu'elle cherche, non ? Et pas de s'enfuir. Tu vois, je n'ai jamais regretté ce que j'ai fait cette soirée-là et si c'était à refaire, je recommencerais en pire. Oui, j'aurais subtilisé deux beaux petits Galets, faciles à passer dans un sac. On ne se refait pas. Le dégoût et l'ennui restent source de révolte dans ma tête. Voilà pour aujourd'hui. Je te laisse à tes Léoneries, lesquelles j'espère s'arrangent. (N'hésite pas à m'en rendre compte : je cherche un sujet de roman !)

Ce que Jeanne appelait mes Léoneries traînaient les pieds depuis notre dernière rencontre.

Avais-je été trop loin ? Léon, s'était-il trop dévoilé ? Toujours est-il qu'il espaça ses visites et que ses lettres se firent rares. Il ne me parla plus d'un voyage de reconnaissance à Venise, mais d'un tour de France à pied, me confia avoir envie de s'essayer à une expérience ascétique. Nous déjeunâmes ensemble la veille de son départ. Et c'est à cette occasion que Léon me cita une longue tirade de François d'Assise, laquelle vantait tous les bienfaits de l'ascétisme. Je me sentis alors la tentatrice, des tentatrices ? Et un instant grâce à Léon, je devins Ève qui tendait la pomme à Adam. Pour cela je le gratifiai d'un baiser. Qui au lieu de l'enflammer le laissât de marbre. Piquée, je regagnai ma place, vidai mon verre d'un trait, ce qui fit que Léon eut cette réplique malheureuse :

— Vous buvez trop.

Sur le champ je l'invitai à quitter la table, lui souhaitant bon vent.

« Et bonne bourre, tu ne lui as pas souhaité bonne bourre avec », écrivait Jeanne, dont j'entretenais le prochain roman, qu'elle finirait bien par me dédier. « Parce que les ascètes, tu sais, c'est par là qu'il faut les tenir, par là où se dissimule le pêcher : c'est-à-dire les couilles ! Tu n'as qu'à regarder les curés, glisse leur la main sous la soutane. (Dommage, ils n'en portent plus chez nous, personnellement je le regrette, car cela soulignait l'équivoque concernant leur sexualité, ni homme, ni femme, ni vue, ni connue, que je t'embrouille ! Tu vois du temps de la soutane, ils pouvaient librement écouter sonner à chaque pas les glas de leur virilité, tandis que maintenant leurs grelots pris dans des pantalons étriqués les privent même de ce son béni. Amen !) Pardonne cette longue parenthèse, je te proposais donc de glisser la main sous la soutane d'un curé, il est des endroits dans le monde où ils en portent encore, et tu auras aussitôt le résultat de la satisfaction obtenue. Crois-moi Rose, il n'y a pas d'ascète qui ne succombe au désir de la chair. Et ton Léon ne fait pas exception à la règle. Mais pour en revenir à des choses plus sérieuses, pas que celles dont nous venons de parler ne le soient pas, loin de là, je voudrais retourner à la question du viol. Dans quelle mesure induit-il à la destruction ? Par là n'entends pas seulement la tienne propre, mais celle de ton entourage ? Sur ce je te laisse cogiter. »

Cette fois la lettre était signée de l'empreinte de la main droite de Jeanne. Empreinte intitulée La Gifle. Cette image me renvoyait à celle de ma propre main inscrite sur la joue de Marc quand il avait trois ans. Oui, pourquoi reproduit-on le mal ? Parce qu'on en a été victime ? Il y avait là en effet de quoi penser. Or, j'avais la tête vide ou bien l'esprit ailleurs. Restait à savoir où ? Bien sûr Léon me manquait, j'attendais aussi des nouvelles de mon fils et, contrairement à l'effet souhaité, depuis ma visite chez Lulu, *Portrait de Jeanne* stagnait.

L'été passa chaud comme ils le sont souvent dans la région. Lui succéda l'automne. Les beaux jours d'automnes d'ici où tout flamboie, où chaque feuille d'arbre fait un clin d'œil à l'autre, semblant lui dire à la saison prochaine. Le bel automne où la terre souffle après l'été torride, même s'il fait encore chaud où l'allène des terres labourées belles comme des sculptures, fait voler ce que nous appelions enfants des fils de la vierge.

Je m'en embobinai, envoyai un dessin de cette situation imaginée à Jeanne. Laquelle me répondit que j'avais le don de me mettre dans des situations inextricables. À propos d'inextricable, je lui demandai où elle en était de ses écrits. Elle me répondit que ça avançait à son rythme, lequel n'était plus le même qu'avant son accident. Elle persistait à dire qu'elle avait laissé quelque chose de capital dans cette chambre d'hôpital. Quelque chose de l'ordre de l'inexplicable. « C'est comme si j'en étais revenue, mais pas comme j'en étais partie », écrivait-elle. « Comme si j'étais en deuil d'une partie de moi-même. Mais on s'y habitue, n'est-ce pas. Et puis comme le chante Daniel Balavoine : « On se dit qu'on n'est pas le plus malheureux ». Et si ça n'enlève pas la peine, ça la recadre au moins. Et comme tu sais, pour réussir une bonne photo le cadrage est important. Quant à l'héroïne de « Scoop », rassure-toi, elle va bien. De soirées en soirées, elle subtilise allègrement tout ce que lui tombe sous la main. C'est une rude ! Tu ne me parles plus de Léon, ne me dis pas que tu n'y penses plus, je ne te croirais pas. On n'évince pas comme ça quelqu'un de ses pensées, ce serait trop facile. Qu'est-ce que tu mijotes avec lui ? Attends-tu sagement son retour en tissant comme Pénélope le fit de Ulysse, ou bien cours-tu les bals à la recherche de l'âme sœur ? Ce que j'ai du mal à imaginer. Je te vois plutôt morfondue guettant le chemin où tu souhaites le voir reparaître. Je t'en souhaite autant, car il me semble qu'un bout de ce chemin vous appartienne. »

Cette dernière réplique de Jeanne me laissa pensive. Et si elle avait raison, que j'ai réellement un bout de chemin à faire avec Léon ? Il fallait que je m'y prépare car il finirait bien par revenir.

Ce fut un jour où il neigeait, événement rarissime dans la région. J'étais au piano et n'entendis pas s'ouvrir la porte de la véranda, ni celle de l'entrée. Ce fut le froid qui m'alerta. Je me retournai promptement et me retrouvai face à Léon, hirsute, sale, amaigri. Il s'approcha du feu et je lui tendis les mains.

— C'est donc à ça que mène la vie d'ascète demandais-je après un moment, que vous en reveniez dans cet état ?

— Quel état ? demanda Léon me faisant face.

— Sale, hirsute, pas rasé, amaigri et puant.

— Hirsute, pas rasé, amaigri, je vous l'accorde, mais sale et puant, non ? Dans toutes les rivières que j'ai croisées, je me suis baigné, ai frotté mon corps à l'herbe de leurs rives, la plante de mes pieds aux cailloux. Je me suis frotté à la violence. J'ai été agressé, traité de vieux hippie, dépossédé de peu que j'avais. Et pour finir laissé sur le carreau ou le bitume plutôt. C'est là où j'ai compris que je n'étais pas fait pour cette vie.

— Et pour quelle vie êtes-vous donc fait, vous qui passiez votre temps à vous défiler ? demandais-je.

— C'était la dernière fois que je partais, il faut me croire Rose, dit Léon.

Et il y avait dans sa voix des accents de supplication, auquel il m'aurait été facile de succomber, s'il n'y avait pas eu son apparence qui me rebutait. Ce qui me poussa à dire :

Vous croire, je ne demanderais pas mieux, mais il est trop tard, et pour moi aujourd'hui, vous n'êtes qu'un vagabond.

— À quoi prétendiez-vous donc, dit Léon s'avançant, vous, l'allumée qui se prend pour une autre ?

— L'allumée, répliquais-je, m'avançant à mon tour, ne se prend pas pour une autre. Elle est une autre. Souvenez-vous Rimbaud. Et maintenant sortez, dis-je, lui montrant la porte, je ne supporte pas les gens mal embouchés.

Léon sorti, les traces de ses pas s'imprimèrent dans la neige.

Le lendemain matin, je trouvais une lettre dans ma boîte. Je reconnus aussitôt sur l'enveloppe l'écriture de Léon. Il m'était facile de la mettre au feu sans l'ouvrir. Mais je n'en fis rien. Au lieu, je glissais cette lettre dans la poche de mes pantalons et aussitôt la cuisse me brûla. Pour me distraire à la pelle je déneigeais le pas de la porte de la véranda. La neige était légère et se prêtait sans résistance au tranchant de l'outil. Ma tache achevée, j'allais m'asseoir dans un fauteuil du petit salon, et là, ouvris la lettre.

« Ma chère Rose,

Commençons par nous dire que je ne suis jamais revenu, qu'hier n'a pas existé. Que les heures ont effacé les mots prononcés. C'est demain que je reviendrai Rose, pour de bon, et pour toujours si vous le voulez. Quand j'écris toujours, sachez que je mesure toute la durée de ce mot. Ce que l'on ne fait pas plus jeune. Plus jeune, toujours est synonyme d'Éternité. À nos âges, ce mot se réduit à quelques années. Je dis cela sans désir de vous attrister, loin de là. Et si je parle ainsi, chère Rose, c'est qu'il me tarde de partager le temps qu'il nous reste à vivre avec vous. Oh, soyez tranquille, je ne vais pas débarquer avec mes meubles, mon linge et ma batterie de cuisine ! Même pas mes livres, ni mes disques. Je viendrai nu comme l'enfant naissant : nu. Les gens jaseront au village. Eh bien, qu'ils le fassent ! Ils le font en tout cas pour un oui, pour un non. Parler des autres les désennuie. Remarquez, ma chère Rose, que c'est une occupation plutôt ludique. Et vous en savez quelque chose, avec vos invités imaginaires. Peut-être parlerons-nous d'eux… Il me plairait de savoir ce qu'ils sont devenus. Ne prenez pas ça pour une pique, il n'en est rien. Il s'agit juste d'une question de curiosité. Malsaine, je vous entends dire. Ou plutôt, j'entends la petite voix captieuse, qu'il vous faut chasser. Débarrassez-vous d'elle Rose, elle est néfaste ! Mais pour parler d'autre chose, demain ne vous préoccupez de rien. Je m'occupe de tout. Dressez juste la table pour deux. Je serai là sur le coup d'une heure.

Votre dévoué. »

Je remis la lettre dans son enveloppe et la classai dans l'un classeur sur lequel j'avais écrit : Léon. Accepter cette intrusion ou faire en sorte que Léon se retrouve face à ma porte close. Avec ses courses et ses fleurs, car j'étais sûre qu'il en apporterait. J'étais perplexe. Écartelée entre deux mots : refus et acceptation. Refuser, c'était me priver d'un moment de plaisir, accepter c'était de me rendre au bon vouloir de Léon. En même temps que cela me permettrait de pénétrer plus avant ce que j'appelais maintenant « l'énigme Léon ». Cette pensée m'aida à trancher. Et c'est soulagée que je commençais à vaquer à mes occupations. D'abord nourrir le chat.

C'était un chat inapprochable, lequel alors que je le nourrissais, rauquait lorsque je l'approchais. Il est ainsi des êtres et des bêtes difficiles à aborder. Mais cela ne veut pas dire qu'ils sont mauvais, ce qu'on peut penser à première vue. Non, leur attitude est liée au fait qu'ils ont peur d'être abandonnés. Que d'un jour à l'autre, on leur claque la porte au nez, même si celle-ci n'est qu'entrouverte.

Ce jour-là je parvins à lui voler une caresse. Léon cherchait-il à en faire autant avec moi ? Et si je n'aspirais qu'à cela, qu'à la luxure, la volupté… Pourquoi ne pas le vivre avant que mes beaux restes ne se transforment en cendres ?

La journée traîna. Je ne parvenais à me concentrer sur rien. Pensive, je regardais la neige tomber. Les flocons légers touchaient maintenant à peine la terre. S'évaporaient en cours de chute. Que ne pourrait-il en être de même pour nous ? pensais-je. Que ne pourrions-nous nous évaporer avant de toucher terre, c'est-à-dire avant de mourir, attendu qu'entre la naissance et la mort nous flottons dans des vêtements trop grands, pas à nos mesures. Ridicule accoutrement qui nous permet pourtant de penser : j'existe, ces habits le prouvent.

Qui étais-je ? Léon avait dit une allumée. Je lui en voulais de cet écart de langage. En même temps que je revoyais son visage décomposé, au bord des larmes quand je lui avais montré la porte. Peut-être que si je lui en donnais la chance, aurions-nous cette fois l'occasion de faire connaissance. De jouer cartes sur table. J'entrepris la toilette nuptiale.

À midi, la table était dressée et le champagne était au frais depuis la veille au soir. Dans la cheminée flambait un beau feu. Comme il faisait bon dans la cuisine, j'avais osé un léger décolleté groseille sur un pantalon noir. Mes pieds étaient chaussés de ballerine de même couleur. Et à l'annulaire de ma main gauche brillait une alliance. C'était celle de mon mariage. Symbole de quarante ans d'asservissement qui bientôt fondraient se mêleraient aux cendres. Ce serait mon cadeau à Léon.

Léon ouvrit à une heure pile la porte de la véranda. J'allais au-devant de lui. Comme à son habitude, il s'essuya longuement les pieds sur le paillasson. Et une fois rentré, retira son caoué, qu'il accrocha au portemanteau. Enfin, il s'ébroua comme le font les chiens mouillés. Et dit :

— Heureux de vous revoir, Rose, heureux. Notre déjeuner est sous le hangar, accroché au guidon.

Il était en costume cravate, rasé de près. Il n'avait pas de fleurs et cela me plut. Qu'il ait oublié d'enlever ses pinces à vélo ne me gênait pas. Cela ajoutait de la poésie au personnage.

— Entrez, dis-je, venez vous réchauffer, nous verrons le reste plus tard.

— Non, non, protesta-t-il, des bêtes pourraient passer et alors envolé notre déjeuner !

Je regardai encore une fois l'empreinte de ses pas dans la neige. Il marchait droit vers le hangar, poussé par un vent glacial. C'était le premier hiver aussi froid depuis que je vivais dans la région. J'allais me réfugier près du feu. Léon revint et fier comme un chasseur qui ramène le gibier encore chaud à la maison, il déposa les courses sur la table.

— Venez-vous chauffer un instant, proposai-je.

— Ce serait bien volontiers, mais il faut que j'ouvre les huîtres. J'espère que vous aimez les huîtres. J'en ai pris deux douzaines. On ne vit qu'une fois, n'est-ce pas ?

— À ce que je sache, oui. Mais certains ont des permissions.

— Qu'entendez-vous par là ? demanda Léon, fronçant les sourcils et plissant le front.

— Plus tard, répondis-je, pour l'instant je vais ouvrir le champagne, nous le boirons pendant que vous ouvrirez les huîtres. Que j'aime, à propos.

Léon s'approcha du feu, y chauffa ses mains avant de les poser sur mes épaules. Nous restâmes ainsi un moment face à face. Nous ne nous contemplions pas, nous nous regardions et il y avait dans nos yeux une surprise mêlée de tristesse.

— Auriez-vous un tablier ? demanda Léon.

J'allai chercher le seul que je possédais dans le bahut de la cuisine. C'était un tablier à rayures rouges et blanches. Un tablier qui devait avoir appartenu à ma marraine. Un tablier de femme. La ceinture en était rouge. J'en ceins la taille de Léon. Après cela nous trinquâmes. Au fur et à mesure que Léon ouvrait les huîtres, l'odeur de la mer entrait dans la cuisine. Et avec elle remontait en moi des souvenirs de jeunesse. On se moquait bien de l'eau froide alors, du vent, du sable humide. On était jeune. Pas forcément heureux, mais jeunes ! Et maintenant nous étions vieux. Chaque matin en posant le pied par terre, nous descendions une marche, un peu plus haute que celle descendue la veille. L'escalier était long pour certains, court pour d'autres. S'agissait de partir du bon pied. Mais lequel était le bon quand tous deux nous menaient au trou ?

Je fis tourner le tabouret sur lequel je m'asseyais le matin pour manger mes fruits et prendre mes médicaments et la tête me tourna avec. Léon vint me resservir et ses lèvres effleurèrent discrètement mon épaule. Nous trinquâmes de nouveau. Puis, j'allai m'asseoir près du feu.

— Vous êtes bien silencieuse Rose.

— De regarder le feu me rend toujours pensive.

— Et je suppose que ce sont des pensées que vous n'avez pas envie de partager.

— Pas précisément non. Encore que, me ravisai-je, avouez, c'est étrange, je vous ai imaginé mort. Et avant-hier vous me dites que vous avez été agressé.

— Avant-hier n'a pas existé, m'interrompit Léon, vous avez oublié ?

— Non, mais avouez que pour une coïncidence !

— C'est une en effet, concéda Léon. Et si tel avait été le cas, cela vous aurait-il fait du chagrin ?

— Quelle question, dis-je.

Et cette fois c'est mes mains qui se posèrent sur les épaules de Léon et puis je pris la liberté de lui dénouer son nœud de cravate. Et ce faisant mes doigts tremblaient.

Nous passâmes à table un peu après deux heures. Les huîtres étaient excellentes, le vin aussi, un Montlouis-sur-Loire.

Nous arrivions aux fromages quand Léon demanda :

— Rose, pourriez-vous m'en dire plus au sujet de ses permissionnaires auxquels vous faisiez allusion plus tôt ?

— Écoutez, je ne connais pas l'administration de l'Après. J'ai déjà bien du mal à comprendre celle de maintenant. Tout ce que je sais par ceux qu'y ont fait le grand saut, c'est qu'il y en a qui ont des perms et d'autres pas. Comme quoi le favoritisme existe partout.

— Pardonnez-moi d'insister, mais qui vous à dit ça ?

— Qu'importe qui, l'important est que je le sache, dis-je.

Je me resservis du vin. Je n'aimais pas qu'on me serve. J'en avais prévenu Léon. Je bus une gorgée en le regardant droit dans les yeux et dis :

— Maintenant nous entrons dans un roman noir. Êtes-vous prêt ?

— Prêt, répondit Léon, prêt à tout avec vous, Rose.

— Attention, le prévins-je, il est des promesses qu'on regrette.

— Hé bien, je prends le risque !

Nous nous tapâmes dans la main et je commençai mon récit.

— J'avais imaginé plusieurs scénarios, mais jamais ne m'avait effleuré celui qui va suivre. Imaginez que je me suis retrouvée seule face aux bâtisseurs du malheur de Jeanne. Dans l'ordre d'entrée en scène : Gérard, puis Éric, la mère de Jeanne, enfin son père. Ses deux derniers étant morts, c'est pourquoi je parle de permissionnaires. Vous me suivez ?

Léon fit signe que oui, je le sentais suspendu à mes lèvres.

— Imaginez, poursuivis-je, je les avais là tous les quatre en face de moi. Une opportunité qui ne se reproduirait probablement jamais. Alors la soif de vengeance l'emporta sur la raison. J'allai dans la cuisine d'été, décrochai la carabine de son clou et je vous laisse imaginer la suite.

— Je dirais que vous avez commencé par Gérard, dit Léon.

— Erreur, dis-je.

— Le père, dit-il, ce fut lui votre première cible.

— Juste, et après ?

— Il reste trois personnages.

Léon hésita, puis fini par lâcher :

— Ce fut autour de la mère, ce que vous fîtes avec un certain tremblement de la main. Je me trompe ?

— Non, dis-je, étonnée par tant de perspicacité. Mais Léon n'avait pas fini de me surprendre.

— Quand vint le tour de Gérard, poursuivit-il, se rengorgeant quelque peu et profitant de l'occasion pour faire un excès du subjonctif, vous prîtes votre temps, tirerai-je, ne tirerai-je pas, sembliez-vous vous dire sans quitter votre cible des yeux. Cible laquelle cherchait désespérément à extraire quelque chose de la poche de son pantalon. Vous laissiez faire, sachant pertinemment que vous aviez la situation en main. Vous attendîtes que l'arme jaillisse de la poche de Gérard pour lui loger une balle entre les deux yeux. Quant à Éric, vous l'épargnâtes, d'abord parce qu'il n'avait pas contribué au malheur de Jeanne au même titre que les autres, mais aussi parce qu'il lui avait sauvé la vie, au risque de sa liberté, en appelant les pompiers quand elle avait fait une tentative de suicide. Et encore, parce que vous aviez besoin de lui pour traîner les corps jusqu'à la pièce d'eau derrière la maison. Vrai ou faux ?

— Vrai, dis-je.

Nous trinquâmes. Puis Léon se leva pour remettre une bûche dans la cheminée, il activa le feu pendant que je débarrassais et dressais la table pour le dessert, une tarte aux pommes préparée par Léon qui, s'il se révélait être aussi bon pâtissier que détective, risquait de nous régaler. J'en salivai, à moins que ce phénomène ne fût dû au fait que Léon venait de poser ses mains sur mes hanches. Je sentis un long frisson me parcourir. Je me retournai et offris mes lèvres à Léon. L'étreinte fut brève mais forte, j'en sortis toute chamboulée.

Nous avions fini nos parts de tarte. À la première bouchée, j'avais complimenté Léon pour la légèreté de sa pâte. Maintenant nous terminions notre deuxième coupe de champagne. Je me sentais bien, un peu grise, heureuse. Et me mis à chantonner une chanson entendue dans mon enfance :

Amusons-nous
Foutons-nous d'tout,
La vie passera comme un rê-ê-ve...

Et Léon de reprendre après moi :

Amusons-nous
Foutons-nous d'tout,
La vie passera comme un rê-ê-ve...

— Vous vous rappelez qui chantait ça ? demandais-je.

— Non, répondit Léon, nous avons la mémoire qui flanche, Rose.

Nous étouffâmes un semblant de rire dans nos serviettes. Nous nous regardâmes et revint dans nos yeux l'insondable tristesse. Je ne me demandais pas d'où elle venait. Je savais et Léon aussi. Nous voulions nous approcher, mais le temps avait rendu nos pas incertains. Nous ne vacillions pas encore, mais il n'aurait suffi que l'on nous heurte, même légèrement, pour que nous perdions l'équilibre. J'avais les mains posées à plat de chaque côté de mon assiette. Léon les regardait. Il voyait l'alliance qui brillait à mon annulaire gauche, mais ne fit aucun commentaire. Comme je me levai pour faire le café, il me demanda d'une voix suppliante :

— Rasseyez-vous, Rose, s'il vous plaît, finissons la bouteille. J'ai à vous parler.

Je fis comme il me demandait. Je l'avais cru heureux et voilà qu'il avait l'air d'un homme accablé, d'un homme que le malheur venait de frapper de plein fouet. Son visage ruisselant de sueur était décomposé, ses traits contractés. Je lui proposais de venir s'étendre dans le canapé du petit salon. Il refusa d'un signe de tête.

— Dites-moi ce que vous ressentez, Léon.

— Ça va passer.

— Ça, quoi ? insistais-je.

— La vie, dit doucement Léon.

— C'est cela, fis-je, et tenez, ça me revient : c'est Ray Ventura et ses collégiens qui chantaient ça !

— Exact ! s'exclama Léon, enfouissant son visage dans sa serviette de table. Ses épaules tressaillirent légèrement. Je crois bien qu'il pleurait. L'image du petit garçon qu'il avait été s'imposa alors à mon esprit. Et j'allais poser mes mains sur celles de l'homme qu'il était devenu. Cette fois, il n'y eut pas d'étreintes fougueuses. Léon se retourna juste, et étreignit ma taille, pendant que sa tête prenait appui contre mon ventre. Je caressais la nuque moite, les trapèzes pareils. Je sentais au travers du tissu de mon pantalon couler les larmes de Léon. Mon ventre devait lui dire, car il se laissait bien aller. Pour vider son cœur, il le faisait, le facteur. Gros, il l'avait. Mais pas un mot, rien. Seulement des sanglots étouffés. Un long moment passa ainsi, puis Léon dit :

— Je vous ai menti, Rose. Je n'ai jamais été agressé, enfin pas de la façon dont je vous l'ai dit.

Il détacha la tête de mon ventre et ses mains quittèrent ma taille. Une prière dans ses yeux m'implorait, mais de quoi ?

— Parlez, lui dis-je, dites-moi ce qui vous fait si mal !

— Quand je vous ai dit partir pour un voyage initiatique, j'ai caché de quoi il s'agissait, poursuivit-il, serrant ses mains l'une dans l'autre, en faisant craquer les articulations. Ce voyage, il y a longtemps que je me promettais de la faire. Il a fallu que je vous rencontre pour que je l'ose. C'est vous qui m'en avez donné la force.

— C'est grâce à vous, continua Léon, la voix entrecoupée de sanglots, et étreignant mes mains, que j'ai eu le courage de retourner sur les lieux du crime.

Et sur ces mots sa tête s'abattit sur la table.

— Ainsi, le petit garçon, c'était vous ? dis-je.

— C'était bien moi Rose, comme vous l'aviez deviné.

Et redressant la tête, Léon ajouta :

— J'aurais fait ça de bien au moins : éviter la peine capitale à mon père.

Et je perçus une pointe de fierté mêlée de regrets dans sa voix.

— Mais, ne puis-je m'empêcher de dire, avez-vous pensé qu'il puisse recommencer ? Que vous vous êtes fait le complice d'un crime affreux ?

— J'ai eu toute ma vie pour penser à ça, dit Léon, une vie qui commence à six ans.

— Une autre qui s'achève à quatre, dis-je, deux supplices qui se croisent.

Le feu mourrait, je remis une bûche dans la cheminée. Et ouvris une autre bouteille. Ne dit-on pas que le vin libère la parole ? Ce dont nous avions l'un comme l'autre un grand besoin. Je pris place face au feu à côté de Léon. Et l'image de nous deux vieux, comme si nous ne l'étions pas déjà, me vint, et qui sait pourquoi ce jour-là même. Il faut dire que je me retrouvais chargée d'un gros paquet de chagrin. Cela me rendit gauche. Et c'est avec un certain empressement que, choquant mon verre contre celui de Léon, je demandai ex abrupto :

— Avez-vous été témoin du meurtre de ma demi-sœur ?

— J'ignorais, balbutiait-il, j'ignorais Rose, je vous assure. Il m'a suffi de voir ce que j'ai vu.

— Et qu'avez-vous vu ? continuais-je de questionner, prise par un désir incoercible d'en savoir plus.

Léon baissa la tête. Plusieurs minutes passèrent ainsi où seul s'entendaient les crépitements du feu, le rythme de nos souffles que dominait celui saccadé de Léon.

— Ça a commencé par le trou, dit-il, le trou, je l'avais vu avant, la première fois où je suis allé au lac avec mon père. Intrigué, je m'en étais approché, croyant être tombé sur le terrier d'une bête de grosse taille. Il n'en était rien. Les parois du trou étaient lisses et le fond plat, autant que puisse l'être le fond d'un trou creusé dans la forêt. En tout cas, rien ne laissait supposer l'existence d'une autre galerie. Si j'insiste sur ses détails, chère Rose, c'est pour bien vous montrer que ma mémoire est intacte et que ce qui va suivre est la stricte vérité. Je vous prie de me croire. Mieux, je vous en conjure.

Je posais la main sur la cuisse de Léon. Ce geste sembla l'apaiser, il prit une gorgée de vin et poursuivit :

— Le trou passé, mon père et moi nous rendîmes au bord du lac. Il y installa ses lignes et la partie de pêche put commencer. J'observais que, scrutant l'eau, mon père regardait souvent sa montre. Avait-il rendez-vous à heure fixe avec certains poissons ? N'osant lui poser la question, je me contentai de faire comme lui. Gardant pour plus tard mon envie de dormir les yeux fixés sur la surface frissonnante à mes pieds. Enfin vint l'instant où il déploya la couverture sur la berge, nous cassâmes la croûte, puis prétextant d'avoir oublié quelque chose dans la voiture, me chargeât de surveiller les lignes. Ajoutant que si je faisais une petite sieste ce ne serait pas grave. Que les poissons finiraient bien par mordre à l'hameçon.

Léon s'interrompit, se prit la tête dans les mains et dit, tournant vers moi un visage douloureux :

— Pourquoi cette phrase m'est-elle restée en mémoire avec une telle précision ? Pourquoi ? Rose…

— Parce qu'elle vous prévient du drame à venir. Elle anticipe sur votre imagination.

— Vous voulez dire par là que mon père m'a prévenu de ce qui allait se passer et que je n'ai pas su capter son message, ce qui m'aurait permis d'intervenir ?

— Calmez-vous, dis-je, je n'ai rien dit de tel. Et rctournons plutôt au bord du lac.

Léon vida son verre d'un trait et s'en servit une autre.

— J'avais dormi et quand j'ouvris les yeux se fut pour voir mon père nu entre ses lignes plongé dans l'eau du lac. Il se frottait vigoureusement, si fort que je crus qu'il cherchait à s'arracher la peau. D'ailleurs il saignait par endroits, oui de longues traînées de sang striaient son cou et son visage. Visage qu'il plongeât aussitôt sous l'eau voyant que je le regardais. Puis il l'en ressortit et me demanda de lui passer la couverture dans laquelle il s'enveloppa disant : Rien de ce que tu viens de voir n'a existé, tu entends, rien. Et prenant mon visage entre ses mains glacées, il ajouta : je ne t'ai pas quitté un instant. Pas un, tu m'entends ! Et je ne te quitterai jamais parce que je suis ton père et que tu feras de même parce que tu es mon fils. Et devant l'autorité paternelle dressée entre les pans de la couverture, je promis.

Sur ce, Léon se tut, les mains jointes entre les genoux, la tête baissée, il semblait fixer une fissure entre les tomettes. Il aurait fallu que je la colmate, de l'air froid rentrait par là en hiver. Mais là n'était pas ma préoccupation du moment, celle-ci étant de tirer Léon de la prostration dans laquelle il était tombé. L'idée m'effleura d'aller chercher l'encyclopédie, puis je me dis que le moment était mal choisi, que mieux valait demeurer dans le passé plutôt que de revenir au présent, présent auquel Léon chercherait encore à se dérober. Tandis que du passé il était bel et bien prisonnier. Et c'est pourquoi bien qu'horrifiée par les propos de Léon, je demandai :

— La pêche a-t-elle au moins été bonne ce jour-là ?

Léon me lança un regard noir, puis dit :

— Quand mon père se fut rhabillé avec d'autres vêtements que ceux qu'il portait quand nous avions quitté la maison, nous avons relevé les lignes et en effet le poisson avait mordu à l'hameçon. C'est pourquoi vous ne me verrez jamais, chère Rose, autant que l'occasion nous soit encore donnée de partager un repas ensemble, manger du poisson d'eau douce. Je le déteste, j'en exècre la vue, l'odeur, la chair. Tout !

Sur ce Léon fut debout d'un bond. Et comme il s'habillait, je tentais de le retenir. Il me repoussa brutalement.

Je fis machinalement tourner autour de mon doigt l'alliance que j'aurais voulu enlever devant lui avant de la jeter aux flammes. *Portrait de Jeanne* suivit. Je le regardai se consommer, pensant à toutes les heures passées penchée dessus. Aux espoirs qu'il avait fait naître. Pourtant je m'en séparai sans regret, comme on le ferait d'une vieille addiction qui au final nous aurait apporté plus de mal que de bien.

Puis, j'allai m'asseoir dans la véranda. Les pas de Léon s'effaçaient dans la neige fondante, sous l'effet d'un faible soleil, la trace des pneus de son vélo aussi. Entre les pots de fleurs rentrés pour l'hiver, j'aperçus, fanée, la couverture des *Choses de la vie*, dessus Michel Piccoli et Romy Schneider semblant toujours aussi amoureux, j'en relus l'*incipit*.

« *C'est Bob qui m'avait appris à capturer les animaux à fourrure.* »

Peut-être n'aurais-je pas dû me raser ?

Plusieurs semaines passèrent sans que je n'eus de nouvelle de Léon. Par contre, j'en eus de Jeanne qui m'apprit la mort de Lulu. Elle n'a pas attendu longtemps, écrivit-elle, une petite année avant d'aller rejoindre son compagnon sous les mauves. Expression en allusion à la passion qu'ils partageaient pour le lilas. Jeanne m'invitait aux funérailles de sa sœur. Elle disait que c'était une occasion comme une autre de nous revoir. Je ne me le fis pas dire deux fois. Et le 19 février, jour froid et brumeux, s'il en est, je me trouvais bien parmi la petite foule réunie dans une salle du crématorium d'Ormesson, où bien sûr à part Jeanne et Patrick, aperçu chez Lulu, je ne connaissais personne. Quand Jeanne me vit, elle vint vers moi et nous restâmes un moment enlacées sans dire un mot. C'est elle qui s'écartant de moi rompit le silence :

— Tu t'es trouvée, dis-moi, dit-elle en me regardant, que de chemin accompli depuis ce jour aux Glycines.

— Et toi, tu ne t'es pas perdue, dis-je, et la peau des mots communs repousse.

Nous nous étreignîmes encore une fois et ce fut la dernière, physiquement du moins. Car nous continuâmes de le faire à travers les mots, auxquels Jeanne semblait avoir repris goût. Et je ne sais si c'est le fait de m'avoir revue, mais ses lettres se firent plus assidues.

Profitant d'un rayon de soleil, je lus la dernière dans la véranda.

« Chère Rose,

Je ne sais pas si c'est la même chose pour toi, mais j'entends souvent dire autour de moi : 70 ans, quelle horreur ! Cette réflexion m'étonne toujours. Déjà parce qu'on y soit arrivé, c'est qu'il faut en faire du chemin pour arriver là ! Nous sommes bien d'accord et que le chemin use, nous sommes d'accord aussi. Seulement, et selon l'expression à la mode ces temps-ci, puisqu'on ne peut pas avoir le beurre et l'argent du beurre, il faut choisir. Vieillir ou pas vieillir ? Voilà la question. Pour ma part, je préfère le faire. Tout dépend dans quelles conditions, me diras-tu, à quoi j'acquiescerai. Pour ma part, vois-tu, tant que j'aurai la capacité d'écrire, j'aimerais le faire. Après, je ne veux pas y penser. Mais te voilà, ma lettre à peine ouverte, plongée dans des préoccupations qui ne sont pas forcément tiennes. Dix ans nous séparent et dix années c'est beaucoup de chemin, de nombreux pas à faire et moins agilement, tu le verras, au fil des réveils. Mais je ne voudrais pas te coller le cafard. J'arrête donc sur ce chapitre. Où en es-tu de tes amours ? J'imagine que la décision de refaire sa vie – j'emploie cette expression, même si je n'y adhère pas, puisqu'on ne refait pas sa vie, on la poursuit vaille que vaille et ce quels que soient les obstacles qui se dressent sur notre chemin – à ton âge n'est pas facile à prendre et je m'imagine avec quelle dualité tu es aux prises. Mais sois confiante, la voix de la raison finit toujours par se faire entendre. Elle parviendra à tes oreilles le moment venu. À toi de l'entendre. »

Depuis la lecture de la lettre de Jeanne, je guettais cette voix. Mais à part les bruits familiers, aucune voix ne perça le silence dans lequel je m'étais moi-même enfermée depuis ma dernière conversation avec Léon, que je poursuivais d'ailleurs par écrit. Peut-être un jour le ferions-nous vraiment. Car tout était loin d'avoir été dit, loin de là. J'avais encore tellement de questions à lui poser. Je crois que j'avais envie et cette fois pour de bon de faire connaissance avec l'homme qu'était devenu le petit garçon du bord du lac. Aussi un matin, je montai au village, je trouvai la maison de Léon les volets clos. Dans le jardin d'à côté un homme bêchait son jardin. Après l'avoir salué, je lui demandais s'il savait où était parti Léon. L'homme arrêta de bêcher, reposa les bras sur la manche de son outil et répondit me dévisageant :

— Des comme vous, ça ne court pas les rues au village. Il sera allé chercher en ville.

Et comme je m'éloignais, il ajouta :

— Il a toujours été coureur, même au temps de sa pauvre femme ! Ha, ça si y en a une qui a porté les cornes, c'est bien elle !

Cette voix me poursuivit jusque chez moi, y entra, occupa tout l'espace. J'étais jalouse, donc amoureuse. Et que faisais-je, à part soupirer, de ce sentiment amoureux ? Rien, je n'en faisais rien du tout. Tout juste bonne à attendre, voilà ce que j'étais ! Je fis part de ma morosité à Jeanne, laquelle me rappela qu'avant toute chose, j'avais fait accoucher Léon d'un gros morceau, ce qui n'était pas négligeable et plutôt que de me triturer inutilement l'ombilic, je n'avais qu'à penser à ça. L'enfant était sorti, à moi de faire avec. Je reconnaissais bien là les formules de Jeanne, à l'emporte-pièce. Si ça te convient pas, tu dégages ! Dégager, j'y ai pensé, aller voir ailleurs si j'y étais. Un coin où de préférence il ferait toujours beau. Le rêve de beaucoup en somme, sauf de ceux qui y vivent et qui ne pensent qu'à le quitter pour fuir la misère et la guerre. C'est dans cet état d'esprit plutôt sombre que se poursuivit ma journée. Assise à ma table incapable de trouver les mots, je fixais le chemin espérant y voir apparaître la silhouette de Léon. Mais rien ne m'apparut ce jour-là, pas même un ragondin, pourtant plutôt fréquent dans le coin. C'était une journée comme ça, grise, morne, sans espoir d'éclaircie. Une journée à se pendre, mais je n'en étais pas là.

Le peu de soleil qui, sans désarmer, tentait de percer les nuages, avait eu raison de la dernière neige, rendant ainsi à la terre ses couleurs. Par habitude maintenant, enveloppée d'un châle, j'allais ouvrir ma boîte aux lettres. Une lettre de Léon, qui n'avait pas été postée, m'y attendait. Je décachetai l'enveloppe, je l'avoue, en proie à une certaine inquiétude. Le papier pelure était rose pâle. L'encre, quant à elle, était toujours bleue.

« Ma chère Rose,
Tout d'abord, pardonnez-moi mon geste de l'autre jour. Il était dû à l'exaspération. Une exaspération trop longtemps contenue, que vous avez libérée. Vous m'avez en effet délivré d'un lourd secret. Trop lourd pour un

homme. Vous avez permis ce partage, merci. Maintenant je ne suis plus seul à le porter et la charge en est plus légère. Croyez que le temps qu'il me reste à vivre, je l'emploierai à alléger ce fardeau dont j'ai chargé vos frêles épaules. En parlant, d'abord en parlant, nous avons tant de choses à nous dire. Des choses toujours tues, enfouies dans nos mémoires. Tels des archéologues nous partirons à leur recherche et finirons par les trouver, les décrypter pour enfin les mettre au grand jour ! Finies les zones d'ombre et les manigances. À nous la clarté ! Croyez-moi Rose, faites confiance à cet homme qui vous a ouvert son cœur. J'ai su par mon voisin que vous étiez venu jusque chez moi, il m'a parlé d'une jolie femme, j'en ai déduit que c'était vous. Pourquoi n'avez-vous pas frappé ? J'étais là. Il m'arrive ainsi de vivre en autarcie, complètement coupé du monde. J'ai de quoi chez moi tenir un siège de plusieurs mois. Les voisins ne se rendent compte de rien. Ils imaginent que je vais faire la vie en ville ! De quelle vie parlent-ils, dites-moi Rose ? Et de quelles villes ? Vous qui venez de la grande, dites-moi ? Des poches à cafard, les villes autour d'ici, rien d'autre que des poches à cafard ! Mais la ville en soi en est peut-être une ? Une grande poche à cafard où la nuit venue, on camoufle ses peurs comme on peut ? Quoi qu'il en soit, je n'ai pas envie d'en faire l'expérience. Et à vous qui y aviez vécu Rose, la ville ne vous manque-t-elle pas ? Souvent je vous imagine, le soir surtout, seule dans cette grande maison perdue au milieu des champs. Comment faites-vous pour supporter cette solitude ? Vous n'avez même pas un chien. Mais vous allez me demander de quoi je me mêle et vous aurez raison. Sur ce et avec votre permission, je serai chez vous dimanche à 1 heure. Ne vous préoccupez de rien, je m'occupe de tout.

Votre dévoué. »

Je repliai la lettre et la remis dans son enveloppe. Puis, je me servis une coupe de champagne de la bouteille entamée la veille, que j'allai boire installée dans la véranda. Le lyrisme dont faisait preuve Léon dans certains passages de sa lettre n'était pas fait pour me déplaire. Mais qu'il vécut en autarcie, à ce point-là, j'avais du mal à le croire. Et le soupçonnais fort de me raconter des craques. Mais à quelles fins ? Je ne lui avais jamais demandé de comptes et n'avais nullement l'intention de le faire. Ce goût pour le mensonge, était-il un résultat du traumatisme vécu ? Mais peut-être Léon, avait-il raison, peut-être la solution était-elle dans la parole partagée. Ça valait la peine d'essayer. Aussi ce jour-là, au passage de la factrice, lui remis-je un mot à glisser dans la boîte de Léon, qui lui disait que je l'attendrai bien dimanche. Puis surprise, parmi les factures une lettre de Marc, qui m'apprenait qu'il était marié et allait bientôt être père et moi par conséquent grand-mère. Ce qui me laissa indifférente, je dois l'admettre. Avais-je trop attendu ? Toutefois j'écrivis à Marc, je lui souhaitai tout le bonheur possible et pour terminer ne pus m'empêcher de lui dire que ma porte lui était ouverte. Qui sait, peut-être qu'avec le bébé le temps de la réconciliation était venu ?

J'écrivis aussitôt à Jeanne pour l'informer de la nouvelle et puis lui parler du déjeuner dominical à venir avec Léon. Déjeuner qui, je ne sais pour quelle raison, j'appréhendais. Craignais-je de voir surgir du passé le petit garçon du bord du lac, bardé de terreur face à la verge turgescente de son père, ou bien est-ce celle de Léon bandée qui me faisait peur ? Je dormis mal les nuits qui précédèrent le déjeuner. Je sortais du sommeil en sueur et le cœur battant la chamade, dans les yeux d'indescriptibles scènes de massacres, auxquels se mêlaient des détails des toiles de Dali. Curieux amalgame. Mais en cela, le mystère des rêves ne réside-t-il pas ?

Comme j'en avais prévenu Léon dans mon mot, c'est moi qui m'occuperai du déjeuner. Aussi le samedi, à bord de son auto, comme l'appelait encore Micheline Bory me rendis-je au marché le plus proche. C'était un marché comme on n'en trouve plus qu'à la campagne avec ses petits exploitants locaux venus vendre leurs produits en ville. Il se dégageait de l'ensemble une ambiance sympathique. Et c'est avec plaisir que je pris un bain de foule.

Le lendemain était un grand jour. Levée tôt le matin, j'étais de bonne heure aux fourneaux, bien décidée à nous préparer à Léon et à moi un somptueux déjeuner puisqu'en ce dimanche je fêtais l'anniversaire de mes soixante ans ! Un bon bout de chemin de fait. Combien en restait-il à faire ? Et comment ? Sur le coup de midi, je me servis une coupe de champagne, que je bus en donnant un coup de projecteur sur ma vie : une existence terne, sans brio, sans folie, sauf celle que je m'étais octroyée grâce à Jeanne, une folie bénéfique, constructive, pas de celles que ceux qui ne sachant pourquoi faire de moi m'avaient accusé et s'étaient servis pour me faire enfermer. À commencer par ma mère et plus tard Jean. Une folie qui m'avait aidé à supporter des années d'enfer, à traverser la solitude que je traversais aujourd'hui, à être capable d'approcher un homme qui avait vu ce que le regard d'un enfant n'oublie jamais : l'horreur. Et l'horreur, c'est d'abord dans le trou que

Léon l'avait vu. Je retournais à l'encyclopédie, regardais au mot trou, qui était souligné en rouge. Puis je lus écrit au crayon à papier en bas de page : « le trou était assez profond pour y abriter un jeune corps debout – il aurait été facile de s'y cacher ». J'emportai l'encyclopédie avec moi dans la cuisine, la posai sur un tas de vieux journaux, bien décidée de la montrer à Léon. Même s'il m'avait tout dit ou presque… car il demeurait pour moi une zone d'ombre. Pourquoi quand l'orage avait éclaté, Léon était-il tranquillement resté à dormir plutôt que d'aller à la recherche de son père ? Sur ce point il allait devoir s'expliquer. Et finis les mensonges et les reculades, cette fois il allait devoir faire face.

Je décidais de l'accueillir dans mon fourreau de lamé rose.

Une heure sonna au clocher de porte de l'église du village d'en haut, quand Léon déboula à vélo dans son ancien uniforme de facteur.

— Excusez mon retard, dit-il, mais j'ai crevé. Il m'a fallu faire demi-tour pour réparer.

Je l'invitais à entrer.

— Que me vaut cet honneur ! m'exclamais-je, le regardant de la tête aux pieds.

Touché par le compliment, il se mit presque au garde à vous.

— Du calme Léon, dis-je, vous n'êtes pas gendarme, mais facteur à la retraite.

— Faut-il le souligner ? demanda-t-il.

— Pardon, si je vous ai blessé, m'excusai-je, m'approchant de lui, ce n'était pas mon intention.

Il me prit par la taille et m'attira tout contre lui.

— Ainsi vous l'avez mise pour moi ?

— Pour vous.

— Ainsi vous avez lu la lettre et vous êtes d'accord, dit Léon prenant mes mains dans les siennes, c'est pour ça que vous l'avez mise, pour me dire oui !

— Excusez-moi, dis-je, mais là je ne vous suis pas ! Et d'abord de quelle lettre parlez-vous ?

Déçu, se rendant compte que je n'avais pas lu la lettre dont il parlait, Léon lâcha mes mains, les siennes retombèrent inertes de chaque côté de son corps. Puis il les agita comme s'il avait cherché à en faire quelque chose et dit enfin d'une voix balbutiante :

— Je vais aller la chercher.

— Ah non, m'exclamais-je, nous avons mieux à faire que de lire une lettre ! Elle pourra attendre demain ! Pendant que moi je n'attends pas, c'est aujourd'hui qu'est mon anniversaire ! Soixante ans, Léon, soixante printemps, avec toutes les fleurs qu'ils voient naître, celles qu'ils voient se flétrir. Il n'y a pas une minute à perdre. Pas une, ajoutai-je étreignant Léon. Avez-vous oublié notre projet de décryptage ?

Nous restâmes ainsi enlacés et il me sembla sentir couler les larmes de Léon sur mon épaule. Un doux soleil d'hiver éclairait abondamment la véranda. Je proposai que nous l'étrennions et allai chercher le champagne. Et si le contenu de la lettre de Léon était si important, il n'aurait qu'à m'en parler. On ne peut pas toujours se réfugier derrière les écrits comme me l'avait dit Jeanne autrefois. Je remplis nos coupes dans cet état d'esprit. Nous trinquâmes. Léon retrouva son sourire. Et après quelques coupes parla d'un chien pour la maison. À cette assertion je dressai l'oreille.

— Dans votre, appelons-la, avant-dernière lettre, dis-je. Vous parlez en mots déguisés, pour moi d'un compagnon à quatre pattes, lequel vous imaginez-vous non seulement me protégerait, mais soulagerait ma solitude et sans doute avez-vous raison. Mais c'est à moi et à moi seule que revient cette décision. Que cela soit bien clair. Et à présent pour qu'il n'y ait pas d'ombre entre nous, dites-moi que le dévoué, que vous êtes, a bien compris !

Léon baissa la tête. Je me levai, baisai longuement sa nuque. Puis, lui prenant le menton, ramenai son visage au niveau du mien. Yeux dans les yeux, nous allâmes ainsi un moment à la recherche d'un miracle, lequel nous le savions, n'aurait pas lieu, pourtant nous continuâmes à le chercher. Ce qui amena nos lèvres à s'unir. Elles le firent avec tant d'ardeur que je sentis monter en moi un regain de jeunesse. J'en perdis mes moyens et sous prétexte de quelque chose sur le feu, allai me réfugier dans la cuisine. Léon m'y rejoignit bientôt, dissimulé derrière une gerbe de roses rouges.

— Tenez, dit-il, me les tenant, j'allais les oublier sur mon porte-bagages. Pour un étourdi avouez !

— J'avoue surtout que je n'ai pas de vase assez grand pour abreuver votre folie. Car c'en est une ! dis-je serrant les fleurs et Léon contre moi.

— Ne bougez pas, dit-il, je m'en occupe.

Je l'entendis fourgonner dans la cuisine d'été d'où il revint bientôt l'air réjoui, un seau en zinc à la main.

— Et voici le vase providentiel, dit-il, n'est-il pas digne d'accueillir les soixante roses de la dame qui ici présente fête son anniversaire aujourd'hui ? Dame qui, notez-le au passage, se prénomme Rose !

Sa tirade terminée, Léon regarda autour de lui. Il avait soudain l'air dépité, comme un acteur qui s'était attendu aux applaudissements du public et en retour n'avait que son silence. Les bras encombrés, j'applaudis du mieux que je pus. Léon tint lui-même à disposer les roses dans le seau. Malgré mon envie de le faire, je ne le contrariais pas. Avant que nous passions à table, il se resservit du champagne. Il était clair qu'il avait envie de s'enivrer. Le baiser échangé, l'émotion qu'il avait fait naître, m'invitait à l'accompagner. Nous trinquâmes au jour présent et à ceux à venir.

Durant le déjeuner, je tentai de sonder Léon quant au contenu de sa lettre. Je n'en tirai rien qu'un : « Si vous êtes si pressée de le savoir, je peux toujours aller vous la chercher ». Face à cet entêtement je me braquai, fis la fière, comme si le contenu de cette lettre n'avait pour moi aucune importance. Léon sembla en prendre son parti, mais je le sentais contrarié, il chipota, mangeait du bout des dents, buvait beaucoup. Alors, pour mettre fin à cette atmosphère pesante, je proposai qu'il aille chercher la lettre à condition qu'il m'en fasse lui-même la lecture. Ce qu'il refusa net :

— Non, dit-il, ces mots qui vous sont adressés sont à découvrir dans le profond de votre intimité. Ce sont des mots graves, Rose, qui ne supportent d'autre témoin que vous.

— Mais puisque c'est vous qui les avez écrits, objectai-je.

— Justement, dit Léon, je vous les livre vierge. C'est à vous de les déflorer.

Je m'inclinai. Léon s'était levé pour remettre une bûche dans la cheminée. J'en profitai pour arroser la poule faisane, qu'un soupirant chasseur m'avait offerte. Il faut dire que l'ayant tué sur mon terrain, il n'avait guère le choix.

Les mains de Léon enserrèrent ma taille. Oh, elles n'en firent pas le tour, pour ça il eut fallu faire un détour par le passé, mais pas si long après tout, pas si long. Léon bandait. Je sentais sa trique dans mon dos. « Faire ça dans le dos d'une femme ! » entendis-je dire Jeanne et je souris, tout en continuant d'arroser ma poule faisane et de touiller les choux qui l'accompagnaient. Léon avait bien le tricotin, le confirmèrent ses mouvements, mais qu'en faire en plein déjeuner ? Là pour le coup il me prenait au dépourvu. C'est alors que me revint l'épisode de l'orage. Je ne sais pas si le moment était bien choisi pour en parler, mais c'est la seule issue que j'entrevis pour me sortir de l'embarrassante situation où je me trouvais.

— Excusez-moi Léon, disais-je me retournant, j'étais dans mes pensées, il y avait bien de l'orage ce jour-là ?

— Quel jour ? demanda Léon.

— Le jour où Rosemonde a été assassinée.

Léon recula de plusieurs pas.

— Pourquoi cette question maintenant ? demanda-t-il, pourquoi gâchez-vous cet instant ?

— Je n'ai pas le sentiment de gâcher quoi que soit, répondis-je, mais, ainsi que vous l'écrivez dans votre avant-dernière lettre, de tenter de tout mettre en lumière. Par cela entendez l'indicible.

— Entendu, dit Léon, entendu Rose, mais à une condition, que vous me gardiez votre affection.

— Elle vous est acquise, dis-je, lui tendant les mains, qu'il prit et baisa fervemment.

Puis nous reprîmes place à table. Léon se resservit à boire, j'en fis autant.

— Il y avait bien de l'orage, dit-il, un orage terrible. Le ciel était strié d'éclairs, la surface du lac agitée. Je vous avoue avoir pensé à l'horrible monstre du Loch Ness. Trempé, je grelottais, autant de froid que de peur. C'est alors qu'oubliant la promesse faite à mon père de ne pas bouger, je décidai de retourner à la voiture. Plus là ! J'appelai en vain, criai papa ! Cela dura plusieurs minutes lesquelles me semblèrent durer une éternité. Enfin le bruit d'un moteur se fit entendre. Rassuré, et de crainte de me faire gronder, je retournai à mon guet. Et là, allongé malgré la pluie, j'attendis. Je me souviens de bruit des gouttes d'eau sur le lac, qui dans ma tête faisaient comme un roulement de tambour. Le temps passait, mon père ne revenait pas et j'en arrivais à douter avoir bien entendu le ronflement d'un moteur.

Léon s'interrompit, s'épongeait le visage avec sa serviette, geste coutumier chez lui, que je trouvais comme chaque fois aussi triviale que troublant. Mille questions me venaient à l'esprit, mais je me gardai de les poser, ne voulant pas le couper dans son élan. Il était si rare qu'il s'ouvre. Pourtant je me levai. Il fallait bien que je nous serve. Léon profitait pour attiser le feu à l'aide du soufflet. Puis, il proposa de découper la volaille.

— Couvert du sang, il était, dit-il, plantant le couteau dedans, couvert du sang, Rose, vous m'entendez. J'ai aussitôt refermé les yeux. Puis j'ai fait une prière à Dieu, lui demandant que mon père n'ait pas fait de bêtises. Car pourquoi cette absence ? Pourquoi revenait-il dans cet état ? Je n'ai eu aucune réponse du ciel, les réponses me sont arrivées par la terre, par la voix des grands. Les grands qui disaient qu'une petite fille avait été violée et puis tuée. Cette fille s'appelait Rosemonde. Voilà, vous savez tout et maintenant si je vous dis que je n'ai pas été témoin du meurtre, j'espère que vous me croyez.

— Je vous crois, dis-je.

En silence Léon continua de découper la volaille, puis nous servit. Nous nous penchâmes sur nos assiettes, mais le cœur n'y était pas. Et c'est à peine si nous touchâmes à la nourriture. En revanche nous bûmes. Nous descendîmes bien trois bouteilles, sans compter le champagne pris en apéritif. Ce qui eut pour résultat que Léon et moi nous retrouvâmes dans la bibliothèque en train de danser le tango et qu'à chaque fois que le bas de ma robe caressait le dos des livres, je sentais son étreinte se resserrer comme si ce mouvement avait eu sur lui un effet érotique. L'attrait des mots poussé à outrance ? C'est ce que je me demandais dans les bras de mon fougueux cavalier. C'est moi qui avais proposé que nous dansions. Et Léon ne s'était pas fait prier. Il avait tout de suite été debout, comme s'il n'avait attendu que cet instant : celui de me serrer contre lui. Nous tournions et la tête me tournait aussi, cependant que doucement le jour faisait place à la nuit. Il se dégageait une étrange atmosphère que j'aurais définie comme celle d'un commencement et d'une fin. Une longue nuée rose et bleu, qui tournait au violet, s'étirait dans le ciel que gagnait l'ombre. Autour de moi les objets familiers semblaient me regarder l'air de dire : que fais-tu là à tournoyer comme une toupie dans les bras de cet étranger ? Nous as-tu oubliés ? Leur ton était lourd de reproches. Et je sentais peser sur moi le poids de la culpabilité. Mais de quoi donc étais-je coupable ? De prendre du bon temps entre les bras d'un homme ? Et de jouir de mes soixante ans, qui plus est ! Qui pouvait décider de ça ? La société ? Jean, mon fils, ma mère ? Moi, il n'y avait que moi, j'étais la seule à disposer de mon destin. C'est pourquoi quand ce soir-là Léon me dit :

— Je crois que le drôle de zig va vous demander l'hospitalité pour la nuit. Lui accordez-vous ?

Je répondis : oui.

Je ne parlerai pas d'une inoubliable nuit d'amour, bien qu'elle le fût en quelque sorte, puisque les multiples tentatives de Léon à me pénétrer s'avèrent vaines. Pas moyen, le tricotin boudait. Mais Léon s'escrimait. De mon côté, je faisais de mon mieux, c'est-à-dire que mon corps répondait aux saccades du sien. De temps à autre, je glissais mon majeur droit dans ma bouche pour ensuite avec ma salive humidifier mon sexe. Je murmurais des mots d'encouragement à l'oreille de Léon. Et ça me faisait penser à quand ado je suivais le tour de France. « Vas-y Anquetil ! » Oui, dans ce sens ce fut une nuit d'amour inoubliable, puisqu'elle me fit revivre des moments de mon adolescence. Et pour le reste ce fut une nuit d'une grande tristesse, où la rencontre n'eut pas lieu. Nuit que pourtant je passai aux côtés de Léon qui, après avoir tapé des pieds, ronflait maintenant. Je fis sans ma radio.

En ouvrant les yeux, je sentis immédiatement que j'étais seule. Peut-être pensais-je, le calme est-il revenu, à moins qu'il ne soit parti ? Sur la table de la cuisine je trouvai ce mot retenu par le képi de Léon.

« Rose,
Je ne vous mérite pas, la nuit l'a bien prouvé.
Adieu donc,
Léon »

Je me fis un café que, malgré la fraîcheur qui y régnait, je bus dans la véranda. Sur la pelouse sous le pêcher un couple de geais semblait jouer. Je dis bien semblait, car ils échangèrent quelques coups de becs qui n'avaient rien de fraternels. Peut-être avaient-ils ce que nous autres humains appelons une prise de bec. De les regarder me distrayait un instant des funestes pensées qui m'occupaient. Car que voulait bien dire Léon par cet « adieu donc » ? Je ne l'avais pas senti à l'aise la veille, trop pressant quant au fait que je lise cette fameuse lettre qui, si j'avais bien compris, contenait une requête de sa part, à laquelle il attendait un oui. Trop enclin aussi à boire sans plaisir. Enfin encore top fuyant quant à son témoignage concernant le meurtre de Rosemonde. Trop de beaucoup mais mal placé ! Et pour finir, part s'endormir : le comble ! aurait-on dit volontiers de ce qui me semblait plutôt un soulagement. Car qu'aurais-je fait de cet homme ivre sur mon ventre. Curieuse toutefois, j'allais chercher la lettre et ce que je lus me laissa pantoise. Je ne rêvais par pourtant. Léon me demandait bien ma main. C'était une demande en mariage en bonne et due forme, qu'il m'adressait, me suppliant de la prendre au sérieux. De ne pas en sourire. Jurant que jusqu'à son dernier souffle, il veillerait sur moi. Serait d'une fidélité exemplaire et enfin ne tenterait jamais de forcer les portes de mon jardin secret. C'était signé « Votre dévoué jusqu'à la mort ». En repliant la lettre, je réalisai combien l'échec de la nuit devait avoir été dur pour Léon. Et après avoir fait une rapide toilette, je décidais de monter au village. Il avait bu et ce genre de panne en pareil cas peut arriver à tout le monde. Il devait l'entendre de ma bouche. Je lui devais au moins ça. Pour le reste, j'étais touchée. Et c'est le cœur gonflé de reconnaissance que je montai la côte. Le vent soufflait, un petit air froid venu du nord, qui couchait l'herbe sur les talus, faisait frémir les haies, où s'entretenaient des oiseaux. Autour les terres labourées offraient leurs sculptures impeccables.

Le lundi, à part la buraliste, tous les commerces du village sont fermés. Ce lundi ne faisait pas exception à la règle, sauf qu'un petit attroupement s'était formé devant le seul commerce ouvert. Et que ça discutait ferme ! Je surpris au passage cette bribe de conversation : « C'est la retraite qui l'a tué ! » Prise d'un sombre pressentiment, j'accélérai le pas vers chez Léon où, quand j'arrivai, je vis le camion des pompiers.

Il s'était pendu dans la remise située derrière sa maison dans son uniforme de facteur. Me restait son képi que j'accrochais à un piton dans la bibliothèque au milieu des mots qu'il aimait tant.

La maison de Léon fut vendue à un couple d'Anglais. Ils s'en installaient encore dans la région bien qu'on les dise nous préférer les pays de l'Est, moins chers ! Les gestes changeaient, les temps aussi. Seul le village ne bougeait pas. Immuable, il semblait traverser les ans avec son clocher de porte au sommet de la colline, sa grosse cloche qui sonnait chaque heure. Ses ouvertures de la chasse chaque deuxième dimanche de septembre, ses labours, ses semences, ses récoltes. Bien sûr, des gens mouraient, il en mourait bien plus qu'il n'en naissait ici. Ainsi je perdis ma vieille amie Micheline Bory, l'ancienne institutrice. Elle avait quatre-vingt-seize ans. Mais j'en vis partir de plus jeunes. Le temps fauchait inexorablement. Je pensais écrire un essai sur lui, mais cela ne dépassa pas ce stade. Comme elle était née, mon ambition d'écrire s'était éteinte. Était-elle d'ailleurs vraiment née ou n'était-elle qu'un songe croisé à travers Jeanne ?

L'AUTEURE

Jeanne Cordelier est une écrivaine française née à Paris le 8 janvier 1944. Elle connaît un grand succès en 1976 avec son premier roman *La Dérobade.* Depuis, Jeanne Cordelier a publié une quinzaine de livres. Une bibliographie et une biographie sont disponibles sur le site : www.jeannecordelier.fr. Tous ses livres numériques sont ici : www,portative.fr. Les livres imprimés sont aussi disponibles : www.jeannecordelier.fr/livres.htm.
Jeanne Cordelier sur amazon.fr :

LE PEINTRE

Eliane Pradel est née en Normandie en 1948. Autodidacte, enfant, elle chapardait déjà les boîtes de cirage de ses parents pour mettre ses dessins en couleur. Quand on lui demande quel est son style, elle répond : "Ma peinture n'est pas une image fidèle de la nature, elle est le reflet de ma sensibilité." Les critiques d'art la qualifient volontiers de "Peintre des émotions". Site : www.eliane-pradel.com